インディペンデンス オブ ジャパン

INDEPENDENCE OF JAPAN

峰岸竜三
Minegishi Ryuzo

文芸社

インディペンデンス オブ ジャパン ◆ 目次

第１章

泡沫の時代

出会い

晩夏の夕刻は、暮れることを知らぬかのように残暑を長く感じさせる。それとは対照であるが如く、夕陽は茶室の丸窓の障子にすっと伸びた笹の葉影を映し、その影は黒い畳のへりに沿うように細く伸びて、風のない夕暮れを教えるように静止していた。葉影の伸びきった辺りに、揃えた志津子の指があり、その手は膝の上に置かれていた。手の下には白地に大きく描かれた壺垂れ模様があり、それは笹の葉影を迎えるように染め抜かれてあった。

やがて、待ちかねたように志津子の指は袱紗を撫で、柔らかく丸めるように捌くと、茶碗のふちを清めるようにぬぐう。そのしぐさは自然で、作法を感じさせなかった。一つひとつの動きは、水面に小石を落としたように、茶室の空気に輪となって広がっていく。志津子の無言の動作は、長年の無理のない踊りのように感じられた。

村岡雅紀はその動きと横顔を見る位置に座っている。志津子のお点前を、ここ京都の禅寺で見るのは久しぶりのことであった。

昨日の夕方、突然電話で、「京都の禅寺にいるので、良かったら来ませんか」と誘いを受けた。村岡はちょうど仕事の区切りが付いたところだった。それでなくても志津子の誘いなら断ることはないに決まっている。

　村岡は特別風流を好むほどではないが、何か気持ちが落ち着き、考えが整理されるような趣味があれば、と思っていたところ、ネットで座禅サークルのホームページを見つけ、参加し始めた。そのメンバーの一人が志津子であった。最初は質素な感じの志津子に特別興味を持つわけでもなく、女性参加者の一人として見ていた。

　そして、月に一度の座禅会に参加して半年ほどが経ったある日、座禅の途中で急に気を失った志津子を、救急の心得のある村岡が処置したことで付き合いが始まった。気を失った原因は、風邪をひいていたのに無理をして出てきたためだった。志津子はそのとき初めて男性に抱えられた。その場では特に何も感じなかったと思っていたが、気がつくと、あのときの村岡の心配そうな目が忘れられなくなっていて、一体これは……と自分でも不思議だった。芯の強い性格だとよく言われるが、自分ではそれほどではないと思っている。逆に、芯が強いのではなく、わがままなだけかも知れないとも思う。それでも、控えめな志津子は自分から進んで村岡を誘ったりはしなかった。

　村岡にしてみれば、今まであまり女性と付き合う余裕がなかった自分を発見したようにも思えた。地方に住み、東京の大学に入るために受験勉強に明け暮れ、勿論異性に興味がなかったわけではないが、学歴社会の現代、良い大学に入らなければ先はないと、自分でも納得して頑張った結果、思いを果たした。これから厳しい社会における試練が待っているにしても、今の自分に満足している。

大学では法律を専攻したが、弁護士になるのは大変だと思い、外務省を希望した。幸い希望どおり配属が決まった。当然、関係各省庁とのつながりもあり、官僚としての職域が広がり始めた。時として、防衛関係で防衛庁にも出掛けることもあった。特にアジア局に属している村岡はなおのこと、韓国、中国、東南アジア等、身近な国との関係は簡単ではなかった。

しかし日本の経済力は頂点にあり、『ジャパン・アズ・ナンバーワン』という本が出たくらいであり、誰もが日本の未来は明るいと思っていた。そんな経済背景の中、村岡の外務省の入省はグッド・タイミングと言わなければならない。今までにない日本の国力を、誰もが信じていて疑う者はいない。事実、株価は毎日高値を更新し、不動産業界にあっては「土地ころがし」と言われる転売までされるようになった。無論、業者でなく素人でも資金的余裕があれば不動産に走った。

そんな経済背景の中での、村岡と志津子の出会いであった。村岡は自分のコンセプトとして〝焦らず〟を信念としていた。しかし事、女性との付き合いとなれば、自分の思いと行動、相手の感情や状況が思いどおりにならないのは当たり前であった。無論、今まで女性との付き合いが少ないとは言え、ずっと共学であったので全くなかったわけではない。部活動等の中での付き合いは当然あった。ただ固定したものではなかっただけのことである。でも今度は違う。まだ深い関係ではないとは言え、志津子を女性であることを意識していたし、志津子を捨てておけなく感じ始めていた。そんな付き合いを約一年続けた。

村岡は自分が理性の塊のような存在になるつもりはない。しかし、今まで自分は人生上の目標を作り、それに向かって懸命に突き進んできた。その結果、自分が異性に対してどれだけ理性があるのかもわからないし、まずそういう状態になったことがないこと、そんな気持ちを経験してないことに、心理上欠陥があるのではと感じ始めていた。現代社会はあまりにも、そういう機会を持つ人と持たない人との差が、極端なまでに開いてしまっている。そんな社会現象がいけないのだと、世の中のせいにしていたが、志津子と出会い、付き合いが始まったことによって、そうではなくあえて自分が女性を避けていたのではないかと思い始め、自分の経験不足をしみじみと感じた。真正面から〝異性〟という存在を認識することで、人生が変わる、やはりそう考えることが正常な人間と言えるのではないか……。村岡は、女性と付き合うことをこんなに理屈っぽく考えること自体がおかしいと、自分でもそう感じていた。

とりあえず、志津子に気持ちを聞くことから始めようと思った。しかし、いったいどういうタイミングで聞いたらいいのかわからない。最近のデートの手順としては、まず志津子を電話で呼び出し、それから定石どおり公園を散歩してから、映画を見るか食事をする。そのあとは喫茶店でコーヒーを飲みながら近況報告をし合う。そして時間になったら駅で握手して別れる、というなんとも無機的とも言える状態となっていた。そんなデートでは志津子に気持ちを聞くタイミングがないではないか、と村岡は愕然とした。

そして村岡は、今の二人のデートに大きな要素が欠けていることに気がついた。〝酒〟だ。村岡は酒が飲めないわけではないが、自分から進んで飲むタイプではないので、これまでデート中に酒を飲んだことがなかった。そうだ、食事をするときに二人で軽く飲もう。そうだ、それが抜けていた！　でも待てよ、志津子さんは飲めるのかな……？　一年もデートを続けていたのに、そんなことも知らない自分に苦笑した。

戦後、日本の教育は大きな転換点を迎えた、ゆとりのある教育を目標として先進国を真似た。しかし自国の理念がなく、そして何の準備もない形だけのゆとりある義務教育は、理念的な欠陥を持った多くの子を育てる結果を生み出した。また、そのことに教育関係者は気づくことさえなかった。

団塊の世代は、自分たちが小さい頃に戦後の食料事情が悪かったことを考え、せめて自分の子供たちにはそんな思いをさせないでおこうと考えると同時に、自分たちも貧しさ感を拭い去るかのように豊かな消費生活をすることにより、〝中流〟感や優越感を得ることで満足した。親も子供もそれが間違っていることにさえ気づかずに。そこへ経済背景がよくなり、全ての人が豊かさとゆとり教育とを同じ意味に解釈してしまったことで、悲劇が作られた。日本の教育は、判断力や基礎的な問題を解決できない子供たちを作っていった。しかし、それに気づくことがあまりにも遅かったと言える。

村岡は、自分ではエリートであるとは思っていない。しかし、やはり普通より官僚的に物事を考える傾向になっており、村岡自身それに気づくはずもなかった。志津子に対して村岡は金銭的に充分、気を使っていたし、勿論優しく接していると自信を持っている。だが、最後の詰めの段階になって、どうすべきかを思いつくことができない。全てにおいてそうだということではないにしろ、ゆとり教育の欠陥がこのような形で現れたと思われる。

その日、村岡はいつものデートの順序を変えることにした。

「志津子さん、今日は僕、少しお酒を飲みたいな。志津子さんお酒は飲めますか？」

「雅紀さん、私、少しなら大丈夫です」

「良かった、今まで何度か誘おうと思ったんですけど、お酒となるとつい迷ってしまって」

「それでしたらもっと早く言ってくだされぱよかったのに。父の晩酌の相手は時々しているんですよ」

「じゃあ、もっと早く誘えばよかったな。ところで、どんなお酒がいい？　日本酒、それとも洋酒？」

「父はビールを飲んだあと、ウィスキーの水割りです。父は結構強いんですよ。私はビールを付き合うだけですけど」

「じゃあ、ビールがいいですね。食事をしながらでいいですか？」

「ええ、勿論です」

その日、二人は初めて一緒に酒を飲んだ。村岡は女性と二人きりで酒を飲むこと自体が初めてだった。無論、学生時代に皆で飲んだことはあるし、女性でも酒に強い人はいた。でもほとんどの女性はそれほど飲まず、たまに酔った女性を見ると、乱れた生活をしているような勝手な印象を持っていた。また、女性は酒を飲むと変わると思っていたし、好んで酒を飲む女性は好きではなかった。しかし、志津子だけは違うと思った。実際に二人で飲んでみて、志津子の飲み方はやはり品がある。村岡は、志津子とだったらたまには飲みたいなと思った。

「正直言うと、女性と二人で飲むのは今日が初めてなんです。今までそんな機会がなかったものですから……いいものですね」

「私もこんな形で男性と飲むのは初めてです。村岡さんが誘ってくださらなかったら、ずうっとなかったのかも」

「そうか、良かった。どうしようか随分迷いました。でも思い切って誘って良かった」

志津子が一段と自分に好意を持ってくれたような気がした。

飲むうちに少し志津子の顔が赤くなった。村岡はあまり顔に出ない方だが、出ないだけで実際は結構効いているのだった。友達は皆、村岡は酒が強いと言う。しかし顔や態度には出なくても結構酔っている。俺は強くないよ、と言うが誰も信じてくれない。

「志津子さんって、おとなしいタイプだと思ってたけど、芯が強いのかな」

「あら、村岡さんにそんな風に言われると、恥ずかしい。そんなに強くない、私」

飲んだせいか、平生言えないこともなんとなく言える。村岡は、こんなときお酒というのはありがたいなと思いながら、飲んだあとはどうしようかと考えていた。


店を出て散歩しながら、村岡は初めて志津子と手をつないだ。志津子の手は小さく感じた。なんとなく自然に、という風だったが、女性の手を初めて、目的を持ってつないだ。柔らかくてびっくりした。改めて彼女の横顔を見ると、優しさがよけいに感じられた。志津子も村岡を見上げ、二人の目が合った。キラッと光ったように感じた。村岡の目は鋭かったかも知れない。志津子は急いで目をそらすと、顔を赤らめた。それがよけい、志津子を可憐な人にした。

女性に好意を知らせるのに、言葉がいらないことを村岡は初めて知った。志津子も素直に手をつないでくれて、何の無理も感じなかった。女性にモテる友達は、何人もの女性を知っていると、飲み会などで自慢している。自分は女性に関して少しオクテなのかな、とさえ思っていた。でも、それはそれでいつかは知ることになるのだからと思い、焦りはしなかった。

志津子は奥ゆかしくて上品で、村岡が考えていたよりもずっと、世間で言う〝いい女〟だと思う。初めての相手にしたら最高の女性ではないかと、最近では思うようになっていたし、友達にも、手をつなげるくらいだから「彼女だ」と言える。そう考えたとき、生まれて初めて、今までとは違った自信みたいなものが湧き出てきたような気がした。これが恋というものなのだろうか。

そんなある日、村岡はアジア局の課長から呼ばれた。

「君はまだ独身だったな。昨日のことなんだが、情報局の斎藤参事官に呼ばれた。参事にはお嬢さんが二人おられるが、長女の方を君にどうだという話になった。京香さんと言って、防衛庁に勤めておられる。参事のお嬢さんを貰えば出世間違いなしだ。君の学歴と今までの実績、将来性を見込んでのことだ。私は一応、本人に確認しますと言っておいたが、どうだね、とりあえず見合いをしてみないかね。見合いもせずに断ったら私も顔が立たない」

「……考えてみます。突然なので、心の準備ができたら報告いたします。三日ばかり時間をください」

「そうか、いきなりだからしょうがないな。ま、即答は無理なことぐらいは私もわかる。しかし私の顔もある。いい返事を待っている」

村岡は、これは大変なことになったと思った。やっと志津子と進展があり、村岡も満更でもない気持ちになって、これからというときに、世の中は皮肉なものだ。もう村岡の気持ちは完全に志津子の方を向いている。今さら上司の娘と見合いするなんてことは、彼女にも相談できない。

村岡は仕事以外でこんなに困ったことはない。しかし今回の話は仕事の内なのか？課長も自分の顔をつぶさないでくれと言っていた。見合いを断れば確かに課長の面子はない。しかし見合いをしてから断ればもっと酷いことになるだろう。どちらにしても上司の言うことは仕事以外でも絶対なのか？

三日の時間をくれとは言ったが、三日などすぐに経ってしまう。全く仕事に集中できない心理状態が続いた。志津子にこれから連絡しないでおけば、自然消滅ということになるだろう。それは方法として一番傷がつかないし、いいのかも知れない。自分だけ我慢すればいいのだから。しかし、斎藤参事官の娘が醜かったりわがままだったりして、とても村岡には好きになれなかったら、そんな女性とこれから一生過ごさなければならないとしたら、困っただけではすまない。

見合いの話があってから、村岡はさほど好きでもない酒を一人で飲むようになった。

友達にもこれは相談することではない。しかし、飲めば飲んだで志津子に会いたくなるのだった。

約束の三日目になった。仕事を休んでしまいたい朝を迎えた。午後になれば嫌でも課長に返事をしなければならない。とにかく見合いだけでもしよう。そのあとのことはまた考えればいい。そう決心した。意外に美人かも知れないじゃないか。

「どうだね、今日はもう参事から見合い写真が来ているよ」

「えっ、写真ですか」

「そうだ、見るかい？」

「はい、拝見させていただきます」

「見合いをすれば実物と会えるんだが、斎藤参事官が、やっぱり先に写真ぐらいは見せないと、と言うんだよ。一応気を使っているんだ。参事も、仕事ではないから、と」

村岡は写真を見て驚いた。志津子とは全然違うタイプではあるが、相当の美人だ。しかし、雰囲気が参事に似ている。一見して気が強そうだ。村岡の苦手な性格かも知れない。写真だけでは判断はつかないけれど……。

「立派な方でいらっしゃいますね」

「どうだ、君が思っていたより美人だろう？　女房は美人に越したことないよ。うちの奴なんか、足元にも及ばんよ。おっと、これはここだけの話だけど。——じゃあ、見合いは参事の都合で決めるよ、いいね？」

「はい、よろしくお願いします」

よろしくないけれど、相手が上司である以上、そう言わなければならない。辛いところだ。しかし、美人だけによけいに面倒だ。これで見合いをしたら、断る理由がなくなる。とにかく近いうちに志津子に会い、自分の気持ちを確かめよう。多分、志津子はおとなしく黙って自分に付いてきてくれるような気がする。この件を少し話してみようか、それも一つの方法だな、と村岡は思った。

一方、国内は景気の拡大を続け、不動産、株価は天井知らずであった。もう経済評論家もいらないくらい、誰もが日本の将来を心配する必要はないと思っている。しかし、一部の分別のある経済関係者は、あまりに過熱感のある現状に不安を抱いていた。だがそれは本当に一握りの人々のみであり、しかもそういう分別ある人物はマスコミに出ることはまずなかった。

世界の事業部門が日本の東京にオフィスを持つ、そして持たなければ世界に遅れる。それ故、テナントビルの平米単価は高くなり、それでも首都圏を中心とした建設ラッシュは止まるところを知らなかった。

景気が良すぎることとの欠点は、物価がインフレ状態になって人件費の高騰を招き、材料は品薄のために高くなり、利益率が落ちてしまう現象が出ることだ。職人は月に十日も働けば、今までの一ヶ月の手間賃が稼げた。それ故、あとは競馬競輪と賭け事に夢中になり、遊んで暮らせる状態になった。社会的にいくらか道徳観が薄れる傾向も出ていた。

遺産相続や相続税は想像を超えた数字になり、兄弟間で骨肉の争いを見ることにもなり始めた。欲が欲を呼び、醜い争いは殺人事件にさえ発展した。景気が良いのだから、温和な世の中になるはずなのに、ギスギスした様相を見せていた。

銀行は融資の金額を競い、借りなくてもいい人にさえ、押し付けるように融資を誘った。都心の盛り場は、徹夜で遊んだ人たちが夜明けと共に帰路に就く。明け方なのに寿司屋が満員になる。皆、最初はそれらの現象を珍しく思ったが、次第にそれが当たり前に感じるようになってきた。

一体何が変わったのか、誰もわからない。経済とはある意味、一人歩きするものな

「泡」それは「泡」のだろう。世間では「バブル」という呼称で現状の経済状況を表した。それは「泡」という意味なのに、その泡を疑うこともしないで、誰もが景気を楽しみ謳歌した。

そんな中でも、全ての人が景気が良かったわけでもない。村岡の給料は、世の中の景気とは関係なく、決められたとおりにしか昇給しない。一般的に、公務員と官僚は同じだと思われている。しかし官僚は一般公務員とは違う要素を持っている。民間と国家公務員と地方公務員が皆一緒によくなるわけではない。官僚たちの奥方にしてみれば、なぜ私たちは好景気の恩恵を受けないのだろうか？　と不思議だった。確かに、民間企業のように会社がつぶれることはない安定感はある。だが、世の中の動きと同じになりたいと思った。村岡は、特に今の給料に不満はない。それより志津子のことで頭が一杯であった。

久しぶりのデートになった。あれから村岡は、どうしたらいいかいろいろ考えた。見合いを承諾したものの、結果をどちらにするべきか……結局、志津子に話すことで結論を出さねばと、思い切って会うことにしたのだった。

「ちょっと仕事が忙しくて、時間が取れなくてごめん。本当は、会いたかった」

「私も、待っていました」

村岡は、志津子もその気になっていることをさらに確認できた。彼女の気持ちを思うと、見合いの話など言えそうにないと考えたが、今日を逃すと機会がない。結果はどうあれ言わなければならない。

天気の良い日なので、とりあえず浜離宮を散歩しながらひと気のない芝生に座って、景気が良すぎるという話をしばらくし、村岡はようやく本題に入った。

「これから、志津子って呼んでいいかい？」

「勿論、うれしいわ」

「志津子、実を言うと、困ったことが起きたんだ。直属ではないけど、上司の娘さんとの見合いの話が持ち上がって、課長に突然言われたから三日ばかり日を貰って返事をしたんだけど……上司だけに断るわけにもいかなくて、つまり、見合いだけはすることになったんだ、仕方ない」

「えっ、お見合いするの？」

「本当はしたくないけど、見合いもせずに断れないもの」

「それもそうね……。でも、お見合いのあと、どうやって断るの？」

「そこだよ。相手は情報局の参事官っていう偉い人の娘さんだ。課長も、俺の顔をつぶすなよって言うくらいの人なんだ。だから……よく考えたらまだ結婚は早い、って言うつもりだ」

「上司だからと言って、プライベートのことまで……酷いわ、本当に断りきれるの？」

「それは勿論だ、志津子がいるもの」

「本当に大丈夫？　もしお見合いして、相手があなたのことを気に入ったらどうなるの？　結婚は早いなんて言い訳は通らないんじゃ……？」

「とにかく、僕は志津子しか考えてない。でも、断ることがこんなに難しいとは思わなかった……」

「嫌、絶対に！　私だって、私だって……」

志津子はそう言いながらポロポロと大粒の涙をこぼし、突然、村岡の胸に顔をうずめてきた。村岡は志津子の頭と肩を抱きしめた。頭が小さく感じた。可憐な志津子の気持ちが伝わってきて、志津子を死んでも離さないでおこうと思った。初めて女性にしがみつかれた感動は、喜びを通り越していた。今まで自分をこんなにまで必要としてくれた人はいない。

志津子は村岡の胸に顔をうずめながら、その両腕は村岡を抱えていた。長い時間に感じた。志津子は、しばらくそのままでいたいと言うように村岡を放さなかった。

「……ごめんなさい。自分が何をしたかわからなくなったの」

「いいんだ、安心してくれて。僕はもう君を……わかるだろう？」

おとなしい志津子が自分から飛びついてきたことは、村岡にとって意外だった。大粒の涙も予想していなかった。しかし、どんな言葉より村岡にとってこたえた。あの志津子が、控えめな彼女が、そうすることで安心を得たような顔をした。

極秘研修

見合いの日が来た。村岡は志津子のことを考えながら、見合いの席に着いた。型どおりの挨拶を終えると、先方や今日のために静岡から出てきた村岡の両親、間に入った課長も、二人に任せましょうと言って部屋を出ていった。村岡は何を話したらいいかわからなかったが、相手の斎藤京香は臆することなく話しかけてきた。

「村岡さんは、大学では何を専攻なさったの？」

「一応、法律です」

「そうですか。じゃあ弁護士になればよかったのに」

「いやあ、司法試験は大変で、受かるまで何年もかかりますから」

「父の話だと、村岡さんは成績は良かったんですって。この成績だったらどこへでも行けるって言っていたわ」

「実社会は、成績だけではないようですから、やはり大変です」

村岡は、全くよけいなお世話だと思った。見合い相手に大学時代の成績のことまで言われるとは思ってもいなかった。参事はそんなことまで娘に話したのか。とにかく早く見合いを終わらせたかった。

「村岡さんは、趣味をお持ちですか？」

「いや、これと言って。強いて言えば、座禅を少し」

「あら、随分古臭いことをなさるのね」

「ええ、特に他にないものですから」

「でもドライブぐらいはなさるのでしょ？　車は何がお好きですか？」

「そうですね、何でもいいですけど」

「私はヨーロッパ車が好き。アメリカ車は品がなくて嫌」

「そうですか。僕はあまりこだわらないものですから」

「ご両親はご商売なさっていらっしゃるのに、あとは継がないのですか？」

「弟がいるものですから」

村岡はこんな調子で消極的に、聞かれたことだけを話した。まるで斎藤参事官から面接を受けているみたいだと思った。志津子のことを考えると、気に入ってもらったら困る。なるべくとぼけていようと思った。京香はその美しい顔つきのようにやはり性格がキツイのかな、志津子と大違いだ、早く終わりにしたいと考えていた。

村岡の両親は、偉い人の娘さんと聞いているので気を使ってピリピリしていた。何しろ小さい会社をやっているだけに、腰は低い。その日の見合いはとりあえず無事に終わり、両親は参事と課長に「よろしくお願いします」と頭を下げて帰っていった。

村岡は、あれだけとぼけた返事ばかりしたのだから断ってくるだろう、多分断ってくると思うと、早く志津子に言ってやろうと考えていた。

見合いの翌日、村岡は課長に呼ばれた。

「どうだった、ハッキリしたお嬢さんだろう。参事に似て頭はいいし、見たとおり美人だ。気に入ってくれたと思う」

「ええ、でも昨日の今日ですから、まだなんだかピンときません。それに、まだ結婚は考えていませんので」

「まあ、この件は焦ってもしょうがないか。――ところで、今日君を呼んだ本題は仕事に関してだ。君もわかっていると思うが、日本はこれからアジア圏をまとめていかなければならない立場にある。日本の経済はそれだけの力を持ったと思う。斎藤参事官は、君が将来、その重鎮になっていく人間だと思っているらしい。お嬢さんのことも踏まえて、情報局に引っ張りたいと考えている。そこで早速だが、今はまだ詳しいことは言えないが、君に一年間の研修を受けてもらうことになった。当然、場所は日本ではない。外務省であるから、外交官特権で行くことになる。これは将来、防衛関係にも関連してくるので、事は複雑だ。私も全体のことは言えないのだが、内閣調査室にも関連してくると思う。研修は大変だが、外国語も叩き込まれると思う。省庁の名前も言えないが、君は近いうちにその部署に移ることになる。これは指令だ」

「はい、わかりました」

即答したものの、これは大変なことになったと思った。今の課長の話だと、外部の人間との接触も禁じられそうだ。志津子にも一年間、会えないかも知れない。一体自分に何をさせようというのだろう……。村岡は特別な技能を持っているわけでもない。恐怖にも似た気持ちを抱えながら、自分の席に戻った。

それから三日後、情報局の課長に呼ばれた。

「君にはこれから極秘の研修を受けてもらう。従って一年間は外部の人間と一切会うことはできない。連絡も取れない。今日の夜、成田の外務省の貴賓室の横にある部屋で待機するように。時間は１９３０だ、遅れないように。では自宅に戻って準備をしてこい。この件は一切、口外してはいけない。わかったな」

「はい、準備にかかります」

何がなんだかわからないが、軍隊みたいだなと村岡は思った。どこへ飛ぶのかも教えてもらえない。一体何を研修するのだろうか？　官舎の自分の部屋に戻ってもしばらく考えがまとまらず、ベッドの端に座り込んだままだった。

しばらくして時計を見ると、帰宅してからもう一時間も経っている。これはいけない、準備を始めなければ。しかし待てよ、志津子に電話をしなければ。一年も会えないと言ったら、どんなに悲しむだろう。そう考えると、電話を入れるのも迷ってしまう。でもとにかく知らせておかなければと、急いで電話番号をプッシュした。

「志津子、大変な任務をすることになった。だけど目的がハッキリしない。とにかく、今すぐ来れないか？」

「どうしたの急に？　なんだかわけがわからないわ」

「僕だってわけがわからないんだよ。とにかく今日の夜、成田へ行かなければならない。今、官舎にいるから来てくれないか？」

「わかったわ、すぐに行く」

電話を切り、服はどんなものを用意したらいいのかさっぱりわからないが、とりあえず下着やスーツを用意した。支度が終わりそうになった頃、雨が降り出した。しばらくすると、髪からしずくが垂れるほど濡れた志津子が部屋にやってきた。

「会社には、親戚の人が急病で危ないと言って出てきたわ」

村岡はバスタオルで彼女の髪を拭いてやりながら手短に説明することにした。

「今日、情報局の課長から呼ばれて、どこかわからないけど外国で一年の研修を命令された。突然もいいとこ。本当は口外するなと言われたけど、君に黙っては行けない。仕事だから一年は会えないけれど、心配しないで待っててくれ」

「えっ、一年も……」

「この命令は、あの見合いをした参事からだと思う。ともかく詳しい話はあとだ。風邪をひくと大変だから……でも、女の人の着るものなんてないし、困ったな……。しょうがない、俺のジーパンとシャツに着替えて、あとはガウンを着てなんとかなるかな。早くバスルームで着替えて」

「もういいの、下着まで濡れたから、全部着替えないと駄目だわ」

「服だけでも着替えれば違うよ。早く脱いで乾かさなくちゃ、帰れないじゃないか」

「ああ、そうか……私、帰らなければならないのね。……ねえ、雅紀さんが出掛けたあと、今晩ここに泊まっていい？　――一年も研修って……大丈夫かしら、危険なことじゃないわよね？」

「とにかく着替えておいで」

志津子はバスルームに入ると急いで着替え、雅紀の匂い一杯の服を素肌に着た。それだけで幸せ感に満たされた。

「志津子、さっきの話だけど、安全じゃないかも知れない。もう出掛けるまであまり時間もないから言うけど、必ず君と結婚するつもりだ。こんな状態で言うことではないけど、今言わなければ、僕は安心して行けない」

「わかってる……本当は感動的に言って欲しかったけど、しょうが――」

志津子がそこまで言ったとき、お互いぶつかるように抱き合い、初めて唇を合わせた。長い時間のように感じた。志津子は唇が離れたと同時に村岡の胸に顔をうずめた。しばらくすると、村岡は自分のＹシャツが彼女の涙で濡れてくるのを感じた。志津子は素肌に着た雅紀のシャツのみであることで、まるで裸で抱かれているように感じていた。きっと帰ってきたらもっと肌を合わせられると思った。

村岡は志津子の頭を軽く両手で包むようにした。再び長い時間を感じ、彼女の髪の毛の細さを初めて知るように、頭をそっと地肌まで指で撫でた。志津子の柔らかい地肌と、微かに匂うシャンプーと体臭と思われる匂いが混じった女の匂いを深く吸い込んで、この匂いを決して忘れないでおこうと思った。

遅刻は許されない。志津子はなんとも言えない表情で村岡を見送った。さっきの柔らかな感触と、抱き合った感動を胸にしっかりと刻んだ二人の別れは、表現のしようがないくらい切なく、悲しいものであった。

成田までの時間は村岡の思考の一部を停止させた。これからの不安……何を、どんなことをさせられるのか。予定は成田までしか聞かされていない。

一時間ほどで成田に着くと、外務省の貴賓室を探した。外国には一度や二度、アメリカ旅行くらいは行っている。しかし、これまで貴賓室になど用はなかった。とにかく貴賓室を探すと、その入り口のすぐ横に目立たないドアがある。ドアを押してみると鍵は掛かっていない。入ると、重厚な感じのインテリアが設えられている部屋であった。落ち着かない気持ちでそっとソファーに座り、周りを見回してみると、有名な画家のものだろうか、絵が飾ってあり、花も生けられてある。雰囲気は決して悪くない。入り口とは反対側にもドアがあり、多分そこから飛行場の方に出られるのだろう。

するとと突然そのドアが開き、女性が入ってきた。村岡は慌てて立ち上がり、礼をしようとしたが、よく見るとそれは先日見合いをした相手、斎藤参事官の娘の京香ではないか。

「あら、びっくりさせたみたいね。父から今日飛ぶって聞いたから、見送りに来たの」

「そうですか、わざわざありがとうございます」

「一年間だってね。頑張ってきてね、待ってるわ」

村岡は課長に「まだ結婚は考えていない」と言っただけで、具体的には何の返事もしていない。

（待ってくれても迷惑だ。この場で何か言っておかないとまずいな。しかし、僕には口外するなと命令しておいて、参事の娘が知ってるなんて、一体どういうことだ？　両親にも友達にも言わないで来たのに。志津子には言ったけれど、あんなに悲しませてしまって……。それなのに、自分は全部わかっているみたいな態度の娘をここによこすなんて、いくらお偉いさんの娘だからって、たまらないよ）

「あのう、僕はまだご返事を差し上げてないのですが」

「あら、父は言っていたわよ。村岡は俺に逆らうことはできないから大丈夫だ、お前もそのつもりでいなさいって。私だって、嫌なら父の言うことだって断るわ。雅紀さんのとぼけたところが気に入ったの、本当は優秀なくせに表に出さない。威張った態度も見せない。そんな人、今時珍しい。それに結構格好いいもの、今のうちに確保しとかないと、他の女に取られるかも知れないしね」

「はあ、でも一年もの間、外部との連絡も取れないし、お待ちになるの、大変だと思いますけど」

「あら、気に入った人だったら、待つのも楽しみってものよ。雅紀さん、案外うぶなのね」

今の言い方は完全に馬鹿にしている。そこまで言われては村岡も黙っていられない。もうクビになってもいい、こんな娘と結婚して一生暮らすなんて冗談じゃない。さすがに腹立ち紛れに言ってしまった。

「これから大事な任務に就く予定です。生きて帰れないかも知れません。だから、現時点ではどんな約束もできないのです。従って、この場で、見合いのことはなかったことにして出発します。それでよろしいですね」

「凄い！　やっぱり父が見込んだことだけあるわ。そんな覚悟ができる人、尊敬する。

雅紀さんの帰りを楽しみにして、待っています。行っていらっしゃい」

ふざけているのか真面目なのか、京香は敬礼をしながら村岡を見つめ、ウィンクをした。さすがに美人だけに、その格好は悪いものとは思えなかった。むしろキリッとした雰囲気は村岡を慌てさせた。

突然の出発間際の出来事に、なんとも後味の悪い気持ちを残しながら、通関手続きのないゲートを通ったところで、一人のスーツ姿の男が待っていた。

「外務省アジア局の方ですね」

「はい、村岡と言います」

「それでは、ご案内します。特別機なので滑走路が違います。どうぞ」

村岡は、成田にそんな滑走路があることは知らなかった。

案内されて乗用車に乗ると、スピードを上げて一般の滑走路とは反対方向に走り出した。やがて車は小型のジェット機の前で止まり、ここから先は私語を禁じる旨を伝えられ、ジェット機に乗り込むと、既に何人かの若者がシートに座っていた。どうやら村岡が最後だったらしい。乗り込むとすぐに誘導路を走り出して滑走路に向かい、離陸した。キャビンアテンダントがいるわけでもなく、どこへ飛ぶのかもさっぱりわからない。三時間ぐらいでどこかへ着陸したが、降りる指示はなく、どうやら給油をしているらしい。小型なので途中で必要なのだろう。

再び飛び立つと、今度は五時間後にまた給油のための着陸をした。多分ハワイだろう。とすると、アメリカか。アジア局なのになんでだろう？　と村岡は思ったが、私語を禁止されているので誰も口を利かない。薄気味悪いな、と思いながら離陸してさらに四時間後、合計十二時間の飛行の末に着陸したのは、田舎の風景に囲まれた空港だった。さすがにどこかはさっぱりわからない。

とにかく全員降りると、軍用トラックが砂埃を上げてやってきた。それに乗ると走り出し、兵舎のような建物の前で止まり、降ろされた。中に入ると体育館のように広い部屋の端にベッドが並び、その反対側は黒板や机、椅子などが並んで教室のようになっている。何を研修するのか、まださっぱりわからないが、こんなところで一年も生活するのかと思うと村岡はうんざりした。

やがて、アメリカ人と思われる教官らしき人物が入ってきて、英語で指示を出した。何を言われたかは大体わかる。ベッド周りに荷物を置けと言っている。そのあと教室側の方で、これからのスケジュールの説明が始まった。

明日からのタイムスケジュールと、村岡たちがここへ来た目的を黒板に書いている。

目的は三つ書かれていた。三ヶ国語、つまり英語、中国語、フランス語をマスターしろ。暗号を勉強しろ。そして最後に、訓練についてこい、と書かれてあった。

翌日から朝六時起床。それは軍事訓練そのものであった。一週間はそればかりで、みんなヘトヘトになりながらも文句は言えない。命令は全て英語。村岡はこれが何の役に立つのか説明が欲しかった。しかし皆、黙ってこなしている。質問もできない雰囲気だ。お互いの私語は引き続き禁止されている。

一週間後からは、講義や語学も始まった。語学は各国の講師がいきなり黒板に自国の文字を書く、そしてそれを読んでいく。詳しい説明はない。自分で理解しろということなのだろう。暗号は数列から始まった。どこで研究されたものかわからないが、普通の暗号ではない。それでも全員、わかったような顔をしている。村岡以外の人も、顔は東洋人だが、どうも日本人だけではないようだ。寝る時と食事の時だけがほっとできる時間であった。

軍事訓練をはさみながら教育が続き、半年間が終わるとテストがあった。それでも皆優秀なのか、全員合格した。村岡も必死でやり、なんとか合格できたようだった。

それから突然また空港へ行き、小型ジェット機に乗せられて、今度は空軍基地と思われるところで降ろされ、ここではいきなりグライダーの訓練に入った。一ヶ月の訓練のあとは、飛行機に関する講義が始まった。それも英語で行われ、飛行機の構造から飛行技術、航空管制に関する知識の一部も含まれていた。

講義が全て終わると、教習車のように教官用の座席のある数人乗りのセスナ機が用意された。練習機専用なのだろう。村岡たちは教官と一緒に乗り込み、まずは教官が操縦する。管制塔からの指示で、小型機専用の滑走路なのだろうか、何本かある本滑走路とは反対側に向かって誘導路を走り、滑走路から飛び立った。

そして、教官がひととおり単純飛行を終えて着陸すると、次は訓練生たちが順に今と同じコースを一人で操縦しろとの指示が出た。勿論、村岡は驚いた。最初からそう言っておいてくれれば、教官の一挙手一投足を見て覚えておくようにしたのに、単に見本飛行だと思っていた。それに運の悪いことに、村岡が最初に指名されてしまった。少なくとも二番目ならば、最初の訓練生を見本にできるのに……だが仕方がない。

村岡は教官の操縦やコースを思い出しながら、管制官とのやり取りをこなし、誘導路から滑走路に入って一度止まり、管制官から「テイク・オフ、ＯＫ」を貰うと、フラップを離陸時の角度にし、スロットルを押して機体が動き出すとフルスロットルにして滑走を始めた。隣に座っている教官は何も言わない。これでいいのか？　さすがに怖い。グライダーはそれほど恐怖感はなかった。しかしセスナは落ちたら死んでしまう。しかも操縦しながら管制官とコンタクトも取らなくてはならない。勿論、教官は危険だったら落ちる前に直してくれるだろうが。

管制官の指示を受けながら、とにかく着陸まで終えることができた。教官はずっと何も言わなかったが、降り際に一言「グッド」と言ってくれた。村岡は汗でびっしょり濡れた額を手の甲で拭った。

訓練生の中には三度もやらされた者もいた。村岡はよく一度でＯＫになったなと、自分でも驚くと同時に、同じことをもう一度できるか心配になった。

その日は訓練生全員がセスナ飛行をすることで終わった。訓練生同士の私語は相変わらず禁止されているので話はできないが、お互い目で合図をしたり、奇妙だなと思ったときには肩をすくめたり、ニコッと笑みを見せたりして、それだけでも気が休まるのだった。

翌日は、いきなりトラックに乗せられると本滑走路に連れていかれ、本物のＦ－16戦闘機の横で止まった。まさかこれをまた一人で操縦させられるわけではないだろうな、と多分訓練生全員が思ったに違いない。互いに顔を見合わせるようにした。

さすがにそれはなかったが、教官の操縦で順番に背面や急降下を体験した。それを一日繰り返し、中にはGで気絶寸前になる者もいた。考えてみれば無茶なことだ、死人が出なかったのが不思議なくらいだ。普通はまず最初に、地上で講義やシミュレーターなどを使った様々な訓練をするはずだが、とにかくいきなり始まったこの飛行訓練は一週間続いた。その頃にはさすがに皆も慣れてきたようだった。

その翌日、教官が初めて口を利いた。つまりそれは、君たちに操縦してもらう、ということだった。無論、教官の充分な監視の下だ。戦闘機となればスピードはセスナと全然違う。教官だって命は惜しい。さすがに今度は時間をかけた。空軍のパイロットだって、育てるのは大変だ。皆が大体間違いなく操縦できるようになるまでには二ヶ月を要した。編隊を組む訓練は三機までだった。それでも本職の空軍のパイロットの訓練から見れば、素人をこんな短期間で訓練するなど無茶なことだ。


一年間と言われていた研修期間もあと一週間で終了となった日、教官からそれぞれ自己紹介をするようにと言われた。ただし出身国名は言ってはならず、名前と年齢だけであった。この研修が始まるとき、それぞれの呼称は、苗字のイニシャルに番号を付けたものであった。たとえば村岡であれば「Ｍ３」になっていた。全員東洋系の顔立ちはしているが、国名は移民系であれば外見だけではわからない。それでも、名前と年齢を言い合うだけで、雰囲気は随分和らいだ。

人間は極限状態に置かれたときほど、互いのささやかな交流が助けになり、そして仲間意識を持つことができる。人間という動物は、一人に分断されると弱いものなのだ。たとえば戦場で敵味方で戦い合った兵士たちが、何十年後かに平和な中で再会したとき、お互いが生きていたことを喜び合ったりする。これは、戦いというものが持つ大きな矛盾でもある。なのに人間が戦争をやめようとしないのは、非常に不思議である。

最後の一週間は経済理論、つまり基本的な経済用語の講義と、国家や経済体制の種類や主義を論じて終わった。そして、この一年間の訓練に対する自分なりに見出した意味、感想などを書いて提出し、教官が、「誰も脱落しなかったことをうれしく思う」と締めくくって終わった。

クウェート侵攻とバブル崩壊

成田に着いたのは、往きと同じくやはり十二時間後であった。村岡はわざと一般のゲートを使って空港を出ようとしたが、残念ながら来たときのルートで出なければ外交官特権は使えなかった。また京香に会うのが嫌だったからだが、幸い帰国日時は知らされなかったのか、誰も迎えには来ていなかった。村岡はほっとすると同時に、アジア局の課長に連絡をする前に、まず志津子の携帯に電話を入れた。志津子は村岡が無事であったことを喜び、早速会いたいと言ったが、村岡は上司に報告してからまた電話すると言って切った。

「課長、ただ今帰りました」

「そうか、長かったな、ご苦労さん。情報局には私から報告しておく」

「ついでですが、三日ばかり休暇をお願いしたいのですが」

「ああ、勿論。大変だったと思う、当然だよ、ゆっくり休みたまえ」

すぐに志津子に電話をすると、やはり今すぐにでも会いたいと言う。しかし、とにかく今日は休ませてくれと言って、会うのは明日にした。それでも最後はうれしさからなのか、志津子は涙声であった。

一年ぶりの官舎の部屋は、出ていったときのままであった。しかし志津子が泊まったときに片付けておいてくれたのだろう、整理整頓はされていた。窓を開けたり、荷物をといたりし、終わったときには完全にグロッキーになり、村岡はそのままベッドに転がり込んで、翌朝まで何もわからなかった。

何か物音がする。はっとして目を覚ますと、そこに志津子がいた。

「すごくよく休んでいるみたいだったから、起こさなかったの。何か食べるでしょ？　簡単に作っておいたから、一緒に食べましょう」

「あれ……？　来てたのか」

出発のとき志津子には合い鍵を渡してあり、何かあったら両親に連絡してくれとも言っておいて、そのことをすっかり忘れていた。まだ頭がボーッとしている。

「ちょっと待ってくれ……少しまだ、頭がハッキリするまで……」

「ごめんなさい、やっぱり相当に疲れているのね」

志津子はそう言いながらベッドに腰をかけた。どちらからともなく手を軽く握り合う。

「どこまで行ったの？　一箇所？　いろんなところ？」

村岡は目を瞑ったまま答えた。

「どこまで行ったと思う?」

「わかるわけないわ」

「当ててみてよ」

「じゃあ、適当に言うわ……アジア局だから、中国や東南アジア?」

「全然違うな」

「じゃあ、アメリカ」

「そうなんだ、多分、あれはアメリカだと思う」

「多分って、自分の行ったところがわからないの?」

「うん、はっきりと説明されなかったんだ。全部で十人ぐらいいたんだけど、口も利いてはいけなかったんだ。厳しかった」

「そんなに厳しくして、何が目的なの?」

「それもわからない、何しろ知ってのとおり、突然の指令で何も知らされていない状態で行ったからね。休み明けに出省すれば、いろいろわかると思う」

「そうなの、あなたが何も知らされてないのに、私が聞いても困るだけね。……あっ、そうだ、あなたの知らないこと、起こってるわよ」

志津子は立ち上がるとテレビのスイッチを入れた。

ニュースがイラクのクウェート侵攻を伝えていた。突然の侵攻であると、けたたましく伝えている。村岡は驚いた。外務省の人間がこんな重大なことを知らなかったとは。休んでいるわけにはいかない。いくらアジア局所属でもこれは大変なことだ。

「志津子、いつからなんだ」

「いつからかはわからないけど、朝テレビを点けたらニュースが……」

「大変だ！　これは出なきゃ。どうなっているか知る必要がある。多分、課長は会議に出てるだろう。僕が昨日休むと言ったから連絡をしないでくれているんだ」

「えっ、やっとゆっくり一緒にいられると思ったのに……」

「ごめん、しょうがないよ。でも、志津子が作ってくれた食事を食べてから行く。ちょうどよかった、ありがとう」

「ちょっと温めるわ」

「うん、着替えるから、その間に頼むよ」

村岡は着替えながら、情報局の斎藤参事官の娘、京香のことをどうしようかと思い、困ったなと、志津子がかいがいしく食事の用意をしてくれているのを見やった。志津子は色が白く、どちらかと言うと日本顔だ。そして柔らかい感じのする雰囲気と、お茶を点てるときの志津子の優雅な袱紗捌きに、村岡は女性の優しさを感じていた。やはり知り合ってよかったと思う。

そんな志津子とできるだけ一緒にいたい気持ちはあるが、外務省内の状態がどうなっているのか気になる。一年ぶりで、自分の部屋で初めて志津子と食事ができるというのに。志津子だってゆっくりするつもりで来ているに違いない。全くツイてないな、と思いながら志津子の手料理を食べていると、

「何を考えてるの？　なんだか怖い顔……おいしくない？」

「悪い悪い、君のことを考えてたんだよ」

「嘘、仕事のことでしょう」

「違うよ、せっかく来てくれて食事まで作ってくれたのに、出掛けなきゃいけないなんてツイてないなと思ってたんだ」

「本当？　どうやら嘘じゃないみたいね。あーあ、言わなきゃよかった。テレビなんか点けるんじゃなかったわ」

「なんだかもう結婚してるみたいだな」

「嫌だ、まだそんな風になってない……」

志津子は頰を赤らめ、ウィンクのつもりか、両目を瞑って顔を突き出すようにした。

それがなんとも可愛くて、村岡は出掛けるのをやめたくなった。

しかしそんなことも言っていられない。そそくさと食事を終わらせると、

「先に出掛ける、あとを頼んでいい？」

「もう行くの？　でも、仕方ないわ……」

志津子は玄関に向かう村岡を追うように立ち上がると、「もう少しだけ」と言って後ろから両手で村岡を抱きしめた。

案の定、外務省内の雰囲気は落ち着かないものだった。課長は席にいなかったので携帯で連絡を取ると、会議室に来いと言う。アジア局とは直接関係はないものの、今後の日本の対応を決めなければならない。アメリカは早速、国際連合における抗議を打ち出したらしい。

とたんに日本はエネルギーの心配をしなければいけなくなった。無論それはすぐではないし、通商産業省の役目ではあるが、関係省庁の横のつながりが希薄なのは、日本の行政の欠点である。

一方、右肩上がりだった日本の経済は、過熱を通り越したオーバーヒート状態を抑制するために不動産の総量規制を発令し、それと同時に株価も留まるかに見えたもの

が、急勾配に下がり始めた。何が変わったのかわからないうちに、景気の悪化を示す兆候がはっきり出始めた。それに今回のことはやはりエネルギー問題を引き起こし、原油の価格が上がり始めた。今まで好景気に沸いた兜町も、極端とまでは言えないまでも、チャートの波は下げ始めると止まらなくなった。それでもまだ経済は、湾岸戦争を心配しながらも多国籍軍に相当の金額を出す用意があることを発表できる状態であった。日銀は金利を下げ、景気の回復を促した。さすがに一度に下げることはできないので、最高十一パーセント近くなった金利をじりじりと下げた。メガバンクも必死で金融機関の安全を宣伝した。

あれほどの景気は一体なんだったのか？　一体何が変わったのだろうか？　誰も答えを出すことができなかった。不動産の規制が思っていたより効きすぎたと言う人もいたが、そればかりではない。景気とは一体なんだろう。経済学という学問が古くからあり、理論的には正しいのだが、実際に誘導しようとなると、残念ながら決してすぐには舵が効くものではないのだ。

そんな経済背景の中で、外務省としては情報の収集のみで、対策に苦慮した。戦争に対して直接手を下すことはできない。自衛隊はまだそこまでの法的整備を整えていない。

　村岡の気持ちはいよいよ志津子を放っておくことができなくなっていた。しかし日本の大きな変化の渦に、村岡も様々な対策で振り回され、結婚どころではなかった。志津子はもう、自分は村岡雅紀と一緒になるものだと思っていたし、あれ以来、互いに仕事が休みの日には外で会うか、村岡の部屋で志津子がかいがいしく彼の世話をした。

　一方、斎藤参事官の娘の京香は、帰国した村岡に見合いの返事を迫ったが、村岡は課長から、「今はそれどころではないので」と伝えてもらうことで返事を延ばしていた。仕事の関係で参事に会うこともあるが、娘への返事を急かすようなことはさすがに省内ではしなかった。

　しかし帰国から半年経った頃には、さすがに返事を引き延ばすことはできなくなってきた。イラクのクウェート占領はまだ続いている。情報局もそれはわかっている。だが村岡もこれ以上は放っておけず、京香に直接会って返事をすることにした。気が重いことではあるが、ハッキリさせる必要がある。考えてみれば、あの一年間の研修は、村岡にとって大きな収穫であった。それを推薦してくれた斎藤参事官には恩を感じている。京香だって決して悪い娘ではない。ただ、志津子とは全然違うタイプであり、村岡は志津子に安らぎを感じるというだけだ。

「もしもし、京香さん？　村岡です」

「あら、雅紀さん、急に電話なんかくれて。やっとお返事をいただけるのかしら？」

「……成田以来、お会いしていませんでしたね」

「そうね。お忙しいんでしょう？　父も今、凄く忙しくて、私も会うことはほとんどないわ」

「わかります。……すみません、僕はこのままでは気持ちが、何か借り物をしているみたいで」

「まあ、私が借り物？　面白いこと言うのね」

「いや、表現が悪かった、ごめんなさい。つまり、ハッキリしないのは……」

「わかったわ、とにかく一度会いましょう」

翌日に会う約束をして電話を切った。村岡は京香がさっぱりとした気性であることを、助かった、と思った。ちょっとドライすぎるくらいにさっぱりしている。その点は逆に凄いと思った。

「お久しぶりです。成田以来ですね」

「ほんと、久しぶり。でも、凄く厳しい研修だったんでしょ？」

「そうです。しかしどこで行われたかは、今でもわかりません。国は多分アメリカだと思われます」

「父も私にそれは言いません」

「ところで……結論を言います。僕には今、お付き合いしている人がいます。上司の命令による見合いでしたが、僕はありがたいと考えています。このような自分に、こんな機会を与えてもらったことに。僕としては、京香さんのことは好きとか嫌いとかの範疇以外のことなのです。こういう言い方は失礼かも知れませんが、結婚するよりも友人として信頼の置ける人と考えたいのです。京香さんには、僕よりもっと適切な人がいると思います」

「わかりました。私としては残念ですが。私は、私を普通の女性として考えるような人とは結婚はしたくないんです。それを理解している雅紀さんは貴重な存在です。でも、雅紀さんがお付き合いなさっている方は、きっと素晴らしい方なんでしょうね。どうかその方を大切にしてあげてください」

村岡は、さすが参事の娘さんだと感心すると同時に、京香も素晴らしい人だと思った。

「ありがとうございます。今後とも、世界情勢やその他のことでお話しさせてください。僕はきっとまた別の任務を命令されると推測しています。京香さんとはいずれ、私と同じではないにしても、なんらかの形で、特に防衛庁にお勤めである限り、お会いするものと思います」

二人で姿勢を正し、敬礼した。今度は互いにしっかりと見つめ合い、まるで防衛軍のような敬礼であった。そしてそのあと握手した。

「ありがとう。あなたは素晴らしい人です、一生の友として」

「ありがとう。今度お会いすることがあれば、きっと仕事のことでしょうね。そのときは、よろしく」

村岡は、なんと気持ちが通じ合う女性だろうと思った。そして、きっと特殊任務に関係した場所で再会するだろうと思った。

クウェート侵攻から半年の間、世界は国連を中心にした駆け引きが続いた。しかし国連も明確な決議を出せぬまま、イラクは完全にクウェートを占領してしまい、国王はサウジアラビアに亡命。アラブ諸国は首脳会談を開くが、いずれもとりあえずイラクを非難するというまとまりのないものだった。さらにそれから四ヶ月が経つと、中東全体の問題となり、アラブ、イスラエル問題にも火が付き、ひいてはパレスチナ問題が国際社会を揺るがした。

結局、国連は一九九一年一月十五日を期限とした撤退要請である「対イラク武力行使容認決議」を決議したにとどまった。その間、日本は原油の問題の不安を抱えたままであり、景気はどんどん悪くなる一方だったが、時の河部内閣は国際社会に於いて何の手も打てなかった。さらに、国内の景気にも具体的な方針を打ち出すこともなく、第二次内閣に続いた。

国連は具体的な手としてアメリカを中心とした多国籍軍の派遣を決定し、一九九一年一月十七日、ついにイラクへの空爆を開始した。いわゆる湾岸戦争である。三十ヶ国以上にのぼる軍隊の派遣は大変な戦費を要したが、このとき日本は国際社会の中で別の意味で攻撃を受けることになった。国内景気が低迷してるときではあったが、日本はこれまで好景気であったことから、資金として一兆七千億円も出しながらも、世界から非難されてしまう。命をかけてないというのだ。要するに、金だけ出せばそれでいいというものではない、と言われたわけだ。いずれの国も日本の憲法を理解してはくれない。それもアメリカが決めさせたものであるのに。と同時に、どうやらアメリカはそのうちのいくらかを着服したのではないかとさえ言われた。

結局、湾岸戦争は三ヶ月間で、最終的にはイラクを壊滅するに至らず終わった。なんともはっきりしない戦いであり、日本は金を出した上に非難の矢面に立たされ、それでもなお追加金を負わされ、国際的に軽蔑されたという結果となった。

国内では、湾岸戦争後、河部内閣から替わった宮下内閣は、とうとう新党に政権を奪われ野に下った。その後の日本の経済は、悲惨というより、どう手を打っていいのかわからないまでになった。

特殊任務

外交的にも、はっきりとした方針の立てられない時期が続いていた。村岡は研修を受けたあとは特殊任務があるだろうと待っていたが、残念ながらその気配はなく、湾岸戦争のあと、志津子と結婚した。

志津子はつつましく、村岡の思ったとおりの女性であった。政権が新党に替わった頃に男の子を産み、和樹と名付けられた。村岡は喜んだ。あの可憐な志津子も母親になったが、それでも村岡にとってはなお愛すべき女であった。

いつになったら日本の景気が戻るのかわからない状態が続いていたが、村岡は外務省官僚であるため、特に不自由は感じなかった。ただ一つ、あの研修は何のためだったのかが未だにわからなかった。

京香ともその後は会っていない。どうしているだろう？　勿論、志津子には言えないが、あのキリッとした態度は忘れられない。特殊任務で会うことがあるだろうと言っていただけに、村岡は気になっていた。情報局参事官を父に持っているのだから、必ず何かがあると思っていたのだが……村岡は拍子抜けを感じていた。それは、政権が考えてもみなかった方向になったせいもあるだろうと考えてもいた。

やがて政権は新党からまた元の与党に戻り、本橋政権となったが、日本の経済は良くはならず、暗いトンネルのように長く続いていた。そして、遂にこの世の終わりかと思うような出来事が起こった。一九九七年、北海道拓殖銀行の解体が決まったのである。そしてそれに呼応するかのように、三洋証券、山一證券も破綻した。村岡は信じられない気持ちだった。しかもただの破綻ではなく破産という形であることに、村岡も自分の身にも何らかの変化があるのではないかと心配し、志津子に、日本の国が経済破綻を起こしたら自分は失業するかも知れない、と言ったりした。

「もしそうなっても、私はあなたの傍から離れません。何があっても、決してです」

相変わらず志津子は芯の強いところを見せた。女の強さというものだろう。

日本銀行はありとあらゆる手を打ちながら、時を待つように努力を続けた。そして一九九八年、突然それはやってきた。大渕内閣になり、いよいよ日本の経済も国債に頼る限度が来た。公共事業もカットの連続。建設業界は銀行の債権放棄でやっと生き延びている状態だった。株価は百円を切り、いつ紙くずになってもおかしくなかった。中小企業にいたっては仕事がなくなり、大手の製造業は当然のように中国や東南アジアに活路を求め始めていた。産業の空洞化は相当前から起きていた。

さらに悪いことには、デフレと言われる状態が慢性化してくると「デフレスパイラル」が起こると、マスコミや経済評論家と言われる人々が聞き慣れない言葉を当然のように使い始め、外国はこのようなときにはもっとシビアに対処する、と言い出す始末であった。

そんなある日、村岡はアジア局の課長にすぐ来るようにと呼ばれた。

「君が研修を受けたことが、ようやく活かせる。早速、情報局課長のところへ行ってくれ。君の籍は一応アジア局にあるが、今後の指令、及び報告は、一切情報局になる。充分に気をつけて無事に戻ってこい、待っているぞ」

「わかりました。しばらくお会いできないかも知れませんが、無事戻ります」

どんな指令が出るか見当がつかないが、とにかく特別任務に就くことだけは確かである。

「村岡は、指令により、ただ今から情報局に着任します」

情報局の課長に挨拶すると、

「ああ、村岡君、やっと君の研修が役立つときが来た。ついては今から状況、及び準備、工程、実行に関して説明する。最後は参事官のところで最終指令を受けることになる。なお、防衛庁と関連が出ることを言っておく。——さて、まず状況だが、知ってのとおり、今、日本の経済は危機的状況にある。残念ながら今のままでは、日銀だけではどうにもならない。君も知っていると思うが、このまま放っておけば、日本の自助努力だけではどうにもならなくなる。いずれロシア、アルゼンチン、韓国のように国家破産を起こすことは間違いない。これが状況だ。次は準備であるが、君が研修を受けてからもう八年が経過している。そこで、防衛庁の特殊訓練所で二ヶ月間、再訓練を行う。これが準備だ。その後の工程だが、まず、今は名は言えないがある国へ行ってもらう。そこでとある人物と共に任務に就く。実行については参事より説明する。以上だ、しっかり頑張ってくれ。なお、この任務は口外無用である」

どこの国へ行くのかも、何をするのかも、また教えてもらえない。だから特殊任務なのではあろうが。

「斎藤参事官、課長より一部説明を受け、ただ今参りました」

「やあ、村岡君、久しぶりだな。娘の京香が君のことを褒めていたぞ。残念だ。しかし、娘の方から断ったそうじゃないか、悪いことをしたな。一体君のどこが気に入らなかったのかな。なんだか私には向いてない、とか言っていたが……全く親の気も知らないで、しょうがないわがまま娘で困る。——さて、私事はこれくらいにして、任務について話そう。課長より概要は聞いたと思うので、実行についてだ。日本の日銀券を国内で印刷するのは簡単だが、強度のインフレを招くのと国内事情がある。また、マネーサプライを上げるには、国内だと日銀を通さなければならない。しかし、内閣官房から出せば、どこからか出たのかはわからない。はっきり言おう、海外で円を印刷して国内に持ち込む。強制的にマネーサプライを一部増やすのだ。つまり、偽札ではないが、国内の造幣局で作られたものではない札が出回ることになる。まず最初に、造幣局と全く同じ工場を建設する、これが君の使命だ。出来上がった札の持ち込みについては他の者が行う。しかし、製造までやるには君一人では無理だ。君に印刷技術を教えても、現在の紙幣と同じものはできない。従ってその道のプロを用意してある。

それは現地に行けばわかる。以上だ。とにかく防衛庁の訓練を受けた二ヶ月後にまた会おう」

「わかりました」

「では、明日１８３０に、羽田の外務省貴賓室脇の部屋へ行け。全てわかるようにしてある。頑張ってくれ」

村岡は参事官室を出るとアジア局の課長に報告し、準備のためにすぐに自宅へ帰ることを告げた。帰路の途中ふと、参事が言っていた京香のことを思い出した。

（京香さんは、自分から断ったことにしてくれたのか。きっと僕の立場を大事に考えてくれたんだな。いや、そこまで気は回さないか。とすると、もしかしたら本当に僕のことを好きだったのか……？　ともかく、次に会えたときにはお礼を言おう）

村岡はそう思った。

いつもより随分と早い時間に家に帰ると志津子はびっくりした。

「どうしたの、何かあったの？」

「うん、またしばらく帰らない」

「また研修なの？」

「今度は、最初の二ヶ月間は確かに研修だが、そのあとは、危険がある」

志津子はもうだいぶ大きくなった和樹の手をつなぎながら心配そうに夫の話を聞いていた。子供の前だけに、前のようにしがみつくことはできない。でも相変わらず、雅紀を一時も離さない、離れたくない、と顔に出ている。結婚しても、芯が強いくせに甘えん坊のように夫にくっついている。村岡もそんな志津子が好きなのだが。

「出発は明日の夕方だ」

「どこへ行くの？」

「いつものことだよ、教えてもくれない。行ってみないとわからない」

「また電話もできないの？」

「そうだよ、前と同じ。でも今は和樹がいるからいいじゃないか、寂しくないだろ？」

「和樹は和樹、あなたはあなた。同じじゃないもの」

「じゃあ、もう一人作っておけばよかったかな？」

「それでも同じよ」

「そうか。まあ、必ず帰るんだから」

翌日、羽田からセスナで飛んだところはどうやら北海道のようだった。今度は国内だったので前回より気が楽だ。

研修の二ヶ月間は、体力作りと中国語と韓国語。村岡は韓国語は初めてだったが、意外と簡単に習得できた。体力は、やはり年齢なりに前回よりも落ちている。それと格闘技の訓練もあった。今回の任務には危険が付きまとうということか。格闘技は柔道のような拳法のような独特のもので、一撃で相手を倒すことができる方法が特に強調された。

二ヶ月は早かった。研修が終わると村岡は羽田に戻り、そのまま斎藤参事官の部屋に直行した。

「研修、無事終わりました」

「よし、今度は本番だ。さて、明日は早いぞ。0630、厚木基地から自衛隊の専用機で台北に飛んでもらう。向こうで脱北した人間と共同作業に入ることになる。彼は印刷技術のプロだ。相手が相手だけに、絶対に必要以外の会話はするな。また、今回の任務は身内でも絶対に口外するな。日本の世界に対する信用がかかっている。現場では、常に自衛隊の特殊部隊が見張ることになる。これはたとえお前でも、よけいなことをしたら撃つことになっている。わかったな」

「わかりました、必ず成功させます」

「これで少しは景気がよくなる予定だ。印刷したものがいつ出るかは私もわからない。だから、君も帰国したらすぐ忘れることだ」

「では、明日から任務に入ります」

「くれぐれも秘密は守れ。身を守ることも忘れるな。どんなことが起きても今度は助けてやれないからな、覚悟して行け。独身ではないぞ、無事帰れ」

「ありがとうございます。村岡、行きます」

　さすがの参事も自分の身内を送るような言葉で指令を出した。村岡も緊張の続く任務になるだろうと予想した。

　その夜、話せる範囲で志津子に言うと、

「あなたがそんな危険な仕事を命ぜられるのは、どうしてなんですか？　私にはわからない……」

と、悲しげに訴えた。

　村岡もその問いに答えることはできなかった。なぜ自分にこのような任務が来るのか？　理解できない部分が多すぎる。考えてみれば、その点を参事に聞いておけばよかったかも知れない。一時は自分の娘と結婚させようとまで考えていた人間に、わざわざ危険な仕事をさせるだろうか。もしも京香と結婚していたとしても、こんな仕事をさせるのだろうか。そう考えるとやはり、村岡でなければできないと考えた誰かがいるはずだ。しかし、それを聞くことは憚られた。

「志津子、やはり誰かが、その仕事は村岡にさせようと決めたのだと思う。俺にもなぜ自分なのかはわからないが……。恐らくこの仕事が完了したときには、何らかの形で特別に報酬が付くと思う。ともかくやってみるよ」

その夜、志津子は夫の傍から離れようとしなかった。今度は確かに研修や訓練とは違う。村岡自身も危険が伴う仕事であることを認識している。志津子が心配するのも無理はないが、北朝鮮に行くわけではなく、台湾であれば、よほどのことがない限りは安全であろう、と村岡は考えていた。

翌日の朝、村岡は早い時間に家を出た。小田急線で神奈川県海老名市に向かい、そこから綾瀬市の厚木基地へ。遠いところだと思った。終戦後、あのマッカーサーが降り立った基地だけあって、大きな飛行場がある。最近は日本の自衛隊と共同使用ではあるが、米軍が主である。米軍はここでタッチ・アンド・ゴーという、艦載機の航空母艦への離着陸の練習をやっているため、爆音が相当に酷い。

村岡は久しぶりに、艦載機であるF－14トムキャットを見た。またA－6イントルーダーの改良型攻撃機など最新鋭機も駐機していた。

自衛隊の司令部は米軍とは別にあり、村岡がそこへ向かうと、三等空佐が待っていた。

「村岡、任務遂行のため情報局よりただ今到着いたしました」

「私は木村三等空佐だ。斎藤情報参事官より報告があった。君は三日間、F－16で訓練のあと、単身で台湾の台北松山空港へ飛ぶ予定になっている」

「わかりました。訓練に入ります」

研修以来乗っていないF－16戦闘機に急に乗れと言う。いきなりなので操縦ができるかわからない。管制官との連絡なども忘れているかも知れない。最初から不安なことばかりだ。しかし機密行動なので、自分が単独で台北まで飛ばなければならないことも理解できる。

村岡は、ともかく理屈を言っている場合ではないと腹をくくり、三日後、ようやく研修のとおりに厚木基地を飛び立つことができた。台湾までは距離は短いが、やはり外国だ。しかし管制官は皆英語なので助かった。

　二時間半の飛行で台湾の台北松山空港に着いた。着陸は上手くできた。間違えずに滑走路にタッチできたあとは、やはり疲れを感じた。

　それからがまた大変だった。指示どおり戦闘機を格納しなければならなかった。民間空港であるため、特別機は目立つところに駐機しておけないからだ。そのあとは外交官特権で空港を出ると、専用無線で情報局の台湾支局と連絡を取り、タクシーで台北総合運動場まで行き、そこで待てと指示を受ける。少し待っていると、迎えの車が来た。

　そこから目隠しをされて、着いたところは特殊な建物であったが、立派な宿泊所も付いていた。しかし場所がどこなのかは見当もつかなかった。

　翌日、私服の自衛官らしき男が現れた。

「特殊任務の村岡さんですね。私は自衛隊特殊部隊、コードネームＪＫ３です。村岡さんは今後、ＶＫ５と呼ばれます。これから人数も増えます。従ってコードネームを覚えるのも一仕事ですので、よろしく。コードネームで呼び合うのは、それぞれ国が違うということ、そしてセキュリティの問題があるためです」

「わかりました。よろしく」

「これから工程会議を行います。ホールにいらしてください、ＶＫ５」

「わかりました、ＪＫ３」

ホールへ行くとすでに二十人ぐらいのアジア系の人間が集まっていた。

「コードＳＵ８です。これからの工程を説明します」

英語であった。目的は印刷工場の建設と印刷作業であること、工期と印刷期間、工場の解体を含めて五ヶ月間であること、そして各自の役割が説明されると、翌日から準備に入ると告げられた。

村岡はＫＮ９というコードネームの人物と、工場のレイアウトをすることになった。会ってみると、どうやら参事が言っていた人物らしい。しかしあくまで知らない振りをして打ち合わせに入った。

まず設備関係の発注のリストアップから入り、それをデータにすることが村岡の役目だった。ＫＮ９はさすがに設備についてはよく知っていた。データにしたものを図面化していくと、自然と工程順になっていく。そんな仕事が一ヶ月ほど続いた。

建築の方はプレハブ式のものなので、基礎も大したことはない。しかし床のレベルだけは測量をかけて、きっちりとフラットにした。印刷は床がきちんとしていないと駄目なんだな、と村岡は納得した。

夜は軽機関銃を構えた警備の人間が、建設現場の周囲に立っていた。

やがて資材や設備が到着し始めると、現場は騒がしくなり、印刷工場は一ヶ月ほどで完成した。いよいよ印刷が始まった。最初はウォンから始まった。そしてなぜかドル、次が日本の円で、勿論一万円札だ。刷り上がったものは、毎日トラックが来てどこかへ運んでいく。村岡は、本当にこんなことをしていいのかと思った。しかし今はそんな疑問を持っても誰かに質問できる状態ではない。どれくらいの量の一万円札が印刷されたかは推定すらできない。約一ヶ月半、工場はフル稼動した。

印刷が全て終わると、工場の解体に入った。設備も何もかも見事に解体されて運ばれていく。やがて何もない元の更地に戻ると簡単な解散式が行われ、見事に皆どこかに散っていった。

村岡は台北松山空港に戻り、格納庫のＦ－16に燃料を補給し、整備も完了すると、そのまま乗り込み、管制官の指示を受けて、今度は横田基地に向けて飛んだ。横田は厚木より、時間によっては離発着が多い。貨物便があるからだ。アメリカ本国からの荷物は横田に着くことが多い。

村岡が自宅に着いたのは夜遅くだった。妙な任務であったため、家に着いてもさっぱりした気持ちにはなれなかった。

「志津子、帰ったよ。ただいま」

志津子は涙を流し、無事でよかったと何度も言った。さすがに仕事の内容は言えない。志津子も夫が無事に帰ってくればそれでよかった。

村岡は翌日から出省し、まずアジア局の課長に報告して、情報局の課長と参事にも報告を終えると、ようやくここでほっとした。斎藤参事官は「これで景気が戻るぞ」と言っていたが、村岡にはやはりこの任務が今後、日本の経済にどのような影響をもたらすかはわからなかった。

その後、大渕から森下内閣に替わったが、依然として日銀のゼロ金利の効果は出てこなかった。普通は、金利が下がったことで借り入れが増えてくるはずなのに、一向に設備投資の動きが出てこないために、金利を下げた意味がないに等しかった。さすがにどうしていいかわからない状態であり、このままだと強制インフレを起こしスタグフレーションを起こすしかないかとさえ思われたが、財務省もそこまでは踏み切れなかった。

一方で、北朝鮮が無謀なことに日本の海上保安庁と撃ち合いを演じ、北朝鮮の一隻の工作船が沈没した。また日本はそれを引き揚げて回収し、博物館で展示するという念の入れようであり、日本海ではＰ－３Ｃ対潜哨戒機とイージス艦がセットになって警戒に当たるほどであった。

日本近海はいきなりきな臭い状態になり、さらに小競り合いが続くかと思われた矢先、アメリカの原子力潜水艦と日本の水産高校の練習船が衝突事故を起こし、その対応のずさんさから、とうとう森下総理の首が飛んだ。政界及び経済は惨憺たる状態であった。

森下から和泉内閣に替わったが、経済にそれほど急に影響を及ぼすことはなかった。七百兆円とも言われる債務は大変な額である。しかし日本の国民は、それがどんな意味を示すのかわかっていないかのように普通の生活を送っていた。幸い、長期金利が際立って上昇しなかったこともある。また、和泉内閣はまだ税制を変えるほどには至らなかったが、それでも老年者控除や配偶者特別控除の縮小・廃止をすることで一時しのぎをした。また、量的金融緩和を宣言してからも何年か経ったが、それは資本主義の形態を壊す部分があり、長く続けるとよい結果を生まないことは日銀も承知していた。それは同時に金融機関に配分を任せたようなもので、貸し倒れを恐れたメガバンクは、中小企業を避けるようになる。従って景気回復には何の意味もなかった。

和泉内閣は「小さな政府」というスローガンを宣伝し、官僚に対しては天下りを監視する格好を見せてはいたが、実態は従来と何ら変わることはなかった。住宅公団の解体は行われたが、必要のないことがはっきりしただけのことであり、建設業界には何の恩典にもならず、かえって今まであったことが無意味だと証明されてしまったようであった。

湾岸戦争が終わってから十五年近くが経っていた。日本は少子高齢化で、経済は国債の発行高も一般会計、つまり年間予算の約半分を占めることとなった。和泉内閣は次に道路公団の民営化を提唱し、試みるが、これもすぐに経済に影響を与えるものではなかった。高速道路とファミリー企業との癒着が明らかになったこと、そしていかに無駄な橋脚と道路を作り続けていたかが明らかになった。ある意味、膿を出したかのようにも思えたが、結局は〝道路族〟の思うようになることを考えれば、何の効果もなく、システムを複雑にしただけのことである。挙句に道路公団の理事が逮捕されるという事件も起こった。

政権を握る和泉内閣は、これでもかと最後には「郵政の民営化」という切り札の如き案を出したが、これもそれほど簡単に経済を短期間で持ち上げるものではない。何年も経って少しは整理ができる、という程度であって、かかる経費は変わらないだろうと思われた。ドイツで民営化は成功し、発送業務を網羅してグローバルに稼ぎまくっているとも言われていたが、民営化のタイミングの難しさは今さら言うまでもないことであった。

一国の落ち込んだ経済を良くするのは、並大抵のことではない。あらゆる面の予算を削り、公共事業どころではないと言いながら、特別会計四百兆円にはさほどメスを入れることはできなかった。また、長年の不況で労働人口は減り、そこへデフレが続き、原油高が始まり、第二次イラク戦争も起こり、直接ではないが自衛隊の派遣をせざるを得なくなった。

そんな中で、インターネットを使った一般の株投資家が増え、躍り出すと、まるで国民が辛抱し切れなくなったかのように、景気は浮上を見せ始めた。ここに至って村岡は、自分の特殊任務の結果がこれではないかと思うようになった。特殊任務の前に斎藤参事官が言っていた、日銀を使わずに内閣官房からマネーサプライを増やすという話。不定期に市場にばら撒かれた紙幣が、あのときの紙幣なのだろうと思った。確かに日銀は量的金融緩和を続けているが、決まったところにしか行かないはずだ。しかし、あるところである方法でばら撒けば、一般庶民にすぐ届く。そうしなければ急には景気は良くならない。斎藤参事官は言っていた。「これで景気が戻るぞ」と。しかし、これは日本の経済の本当の力ではない。いつかまたおかしくなる、と村岡は感じていた。

閉塞感の中で、それでも大型店舗の売り上げが伸び始めてきた。マスコミは景気がよくなったとか、いざなぎ景気と並んだなどと言い始めた。片方では、格差が開いただけだと国会では論争していた。国民にとって良いのか悪いのかさっぱりわからないが、最悪の時期よりはよくなったと皆思っていた。

防衛省情報局特別参事官

一方、国際問題に目を向けると、韓国は互いにははっきりとは言わないまでもアメリカと関係を深め、中国や北朝鮮とも水面下で深くなりつつあった。特に北に対しては驚くほど低姿勢であり、「太陽政策」をとって、北の核問題を話し合う六ヶ国協議でも賛否を取ると棄権するほどであった。そして在韓米軍の再編問題では、むしろそれが戦力強化につながり、かつて日本の昭和の総理大臣が言ったような「不沈空母」になりそうな気配もあった。

そんな中で二〇〇六年、和泉総理は任期を終え、次は保守感覚の強い田倍総理となった。前年から慌ただしくいろいろな事件が続き、それは世界的にも同じであった。経済格差はさらに広がり、そこに国債の大量償還を迎え、長期金利の上昇を見せ始めた。しかし日銀はまたも手の打ちようがなく、一部借り換え国債を発行することで切り抜けた。

その一方で、防衛庁への変化を求める声から、「防衛省」に格上げとなった。これはアメリカの強い要望もあり実現することとなった。と同時に、消費税が八％に上げられた。実を言うと与党は一〇％にしたかったのだが、野党の大反対で八％にとどまった。しかも、当初は社会保障安定のための増税としていたはずが、結局は一般会計に組み入れられてしまった。そのため、少し良くなった経済は、また株価が下がり始めた。

米軍の再編問題でも、日本の負担は減るどころか逆に増えた。防衛予算も増える。日本はある意味、軍事国家になりつつあると思われた。しかし、そんな心配は憲法改正をしていない日本にはあり得ないと、誰もが思っていた。それは当然のことであり、再び戦争をするのは嫌だと思うことに於いては、国民の総意でもあった。

村岡の最近も、韓国、中国、東南アジアに振り回されるようであった。そんな中、村岡はついに、防衛省情報局特別参事官として、内閣官房特務機関所属という大変な役に就くこととなった。

「志津子、俺は大変な仕事に就いた。今までやってきたことも、普通ではないことが多かったが、今、日本で俺のような仕事ができる人間は他にはいないようだ。それに今後も、俺と同じような仕事ができる人間は育てられないかも知れない。これからはいつどこへ飛ぶかもわからないし、無論どこで死ぬかもわからない。志津子と一緒になって俺は幸せだ。もっと一緒にいる時間を持つつもりだったが……すまない」

「雅紀さん、私はあなたが普通の人だとは思っていません。誰もできないことをやるあなたは、私の誇りです。だから私はあなたと一緒になったのです。一番最初に研修に行くあなたを見送ったときから、私の覚悟はできていました。あなたの優しい気持ちもよくわかっています……。だけど、できるだけ居場所は教えてくださいね」

「偉くなっただけ、君には今までよりも事情を話すことができるようになると思う。任官するまで三日ばかり休みを取った。久しぶりに温泉でも行こう」

「本当？　うれしい。それじゃあ、京都のお寺にも行って、久しぶりにお濃茶でもいただきましょう」

「そうだね。じゃあ、和樹は君の実家にお願いして、二人で行こうか」

「和樹がかわいそうだけど、めったにないことだから、そうしましょうか。もう和樹も中学生ですもんね」

翌日から二人で新婚以来の旅行に出掛けた。志津子は絶対に雅紀を離さないというような仕草で、片腕にぶら下がるようにして歩いた。

久しぶりの京都の禅寺は何も変わっていなかった。庭の苔むした岩や回廊、茶室。住職が二人を迎えて、無骨ながらお濃茶を点ててくれ、お返しを志津子が点て、村岡は心ゆくまで京を楽しんだ。志津子のお点前は少しの迷いもない気持ちを表し、村岡に安心感を与えた。

まるで世の中の動きが止まっているかのように、京都の街は穏やかで、静かな時間を二人に与えてくれた。鴨川の流れもそれに合わせながら、秋風と共に下流へと、岩と石との間を縫うように流れていく。東京の喧騒をすっかり忘れてしまう。

これからどんなことがあろうとも、ここ京都だけは変わらずにあって欲しいと、二人は思った。

第2章

グローバルとナショナリズム

偵察と救出

二〇〇五年から二〇〇六年にかけていくらか盛り上がった景気も、消費税アップ、量的金融緩和の解除、日本経済の根底に流れる資本主義の格差、少子高齢化、産業の空洞化などの結果、尻すぼみとなりつつあった。改革の名の下になされた民営化も、かえって日本的官僚化を違った意味で強めるものとなった。

しかも防衛庁が防衛省へ格上げされたことにより、いよいよいつか来た道を歩まなければならなくなった。韓国は今や、あからさまに米軍の駐留を拒まないまでも、非協力的と見える状態になりつつあり、北朝鮮そして中国に、大陸の一部の国として陸路で交通できる恩恵をはっきり感じ始めていた。

日本としては、日本海が再び衝突の場となることを恐れており、中国の東シナ海における産業の発達と軍事面は、アメリカにとっても、もはや捨てておけない状況になっていた。エネルギー問題を抱えた日本にとっても、捨てておけないことである。またその後、人民元の二％の切り上げにより、中国はさらに強気の貿易体制を取り始めていた。中国内陸部にも徐々に経済が浸透し始めた、さらに人的資源による軍隊の充実は、中国をまことに有利な軍事大国へと変化させつつあった。

この状況は村岡にとっても憂慮すべき状態と言えた。ここで次の行動を起こすために、前の任務で実行した件について調べてみると、もうあの日銀券は完全に回収されていることがわかった。あの件については勿論、記録としては残ってはいないが、現在の村岡の地位で調べることは容易であった。村岡は安心して次の行動に移すことができると思った。

村岡は最近の官僚の腐敗ぶりが我慢できなかった。先の内閣では多少の天下りや無駄遣いに対して摘発を実行したが、その結果、内閣が替わるとかえって酷くなった。それと共に、目の前の経済状況も何とかしなければならない、と村岡は考えていた。なぜに村岡が経済のことまでも考えなければならないのか不思議ではあるが、最初の特殊任務に経済が絡んだため、考えるのもやむを得ない心境になったというところだ。

かつて駐留していた米軍はイラクから撤退し、当然日本もサマワから撤退していた。その後も紛争は時折起きたが、それほどではなかった。しかしイスラム原理主義組織であるハマスが政権を握ることで、イスラエル、レバノン、シリア、ヨルダン、エジプトなどは落ち着かない状況を続けていた。また中国も最近は目に余る行動を続けていたため、村岡はどうしても状況を視察する必要があった。

今度は全て単独であり、民間人として行く必要があった。村岡は商社マンに扮し、まずはロンドンに飛んだ。そして大使館で情報を仕入れ、イスラエルに飛ぶ準備をした。シャロン首相引退後のイスラエルは、パレスチナとの問題がさらに激化していた。しかしこれは今に始まったことではない。周りの国々は、特にエジプトは触らぬ神に祟りなしの如くで、またイランは核を持つことで他国を牽制していた。そのため、大きな動きは見られないと思われた。ただ、アメリカとIAEAは強烈に反発を続けていた。

村岡の目的は中国である。次にサウジアラビアへ行き、そこからトルコのイスタンブールに飛び、ロシアのモスクワに飛んだ。ロシアはさすがに資源を抱えている国だけあって、のんびりしているところがあると思った。アメリカと対立していた頃の感覚はなかったが、経済が国家のものから亜流の人間に移っていることが、村岡に危険性を感じさせた。

モスクワから北京に降りたとき、一つの事件に遭遇した。今回、民間人で商社マンとして行った村岡は、今までの飛行ルートが一般人にしてはおかしいということで、入国審査で説明を求められた。やはり中国はうるさい。しかし、本当のことなど言えるわけがない。今回村岡は蘇州、杭州を回り、帰りは上海からの予定である。説明は数時間を要し、無論、貿易業務のためであるということの一点に絞った。幸いプライスリストやL／C（信用状）の控えを用意していった。それがなければより面倒なことになるところだった。

さらに救いの神なのか、なんと京香がゲートに入ってきたのだ。その後、京香とは全く連絡を取っていないので、考えてみれば、京香の方から見合いを断ったと父親に言ってくれたお礼も言えていない。しかも、京香の階級は知らないが、村岡は京香の上司という立場になっている。なんとも妙な縁であると言わねばならない。京香がどんな任務でここに来ているのか、気軽に声をかけていいのか、単なる民間人として来ている村岡は迷った。向こうも村岡に気がついたが、軽くウィンクしただけで通り過ぎていった。

説明し、納得してもらえるまでに時間はかかったが、なんとか入国審査も、そのあとの税関も通り抜けることができた。

ホテルに着くと村岡は早速、日本の防衛省の自分の秘書官に電話をかけ、京香の所属と階級を調べさせた。なんと航空通信企画室の特殊部隊二等空佐であることがわかった。村岡が一番驚いたのは、女性で航空自衛隊ということだった。日本にはマッハの戦闘機に乗る女性はいないはずだが、二等空佐なら戦闘機に乗らなければならないはずだ。とすると、自分のように特別訓練を受けたのか？　と考えた。確かに米軍や韓国空軍には女性パイロットがいるらしいが……、やはり京香は並じゃない、と感心した。

日本の自衛隊は、一般的に制服組と背広組と高級官僚組に分けられる。しかし関係各省の高級官僚になると、情報を共有しないと対外的に対応しきれない部分がある。そういう意味で村岡のような地位が必要になってくる。京香のような自衛隊の佐官クラスでは外交官特権は使えない。だから一般人と同じゲートにいたのだな、と納得すると同時に、京香がどういう目的で北京に来たのか、帰国したら一度は会おうと村岡は思った。

村岡は北京から杭州に飛び、西湖（シーフ）を見た。将来この広大な湖の地下に、空からは見えない軍事施設を作るという。そんなことが本当にできるのか？　と思いながら、風光明媚な地に一つの秘密を感じながら観察した。その後は上海に飛び、蘇州へ列車で往復し、最終的に上海から日本へ帰路についた。今回の視察は、村岡にとって軍事的に特筆すべきものはそれほどなかったが、次はなんとしても中国の実際を見てきたいと思った。

　そして、京香がなぜ北京にいたのかが気になった。しばらく経ってから航空通信企画室に連絡をしてみると、京香はまだ帰国していないという。一般旅券では半月ほどしか滞在できないはずだ。民間人として入国したのであれば、もう帰国していないとおかしい。大使館を通じて調べてみると、どうも様子が変だ。調査してみると、中国の戦闘機の調査に行ったとのこと。これは、あと四日帰らなかったら自分も飛ぶ必要があると村岡は思った。

「志津子、結婚する前に見合いした上司の娘と、この間、北京で会ったんだ。顔を見ただけで挨拶もしなかったけど、その彼女がまだ帰国してない。彼女は戦闘機の内偵のために飛んだらしい。どこかで拘束されているかも知れない。情報次第では国際問題になる。俺は彼女の上司にあたる立場だ。見合いの相手ということとは別に、助け出して国際問題に発展しないようにしなければならない」

「そのことで中国へ行くんですか？」

「今度は仕事になってしまった。俺は中国はあんまり好きじゃないが、仕方がない」

「そうですか……、仕事であればしょうがないですね」

　四日後、依然として京香は帰国していなかった。北京の大使館を通じて調べると、東洋人の女性が一人、身元はわからないが北京の人民解放軍に確保されているとの情報が入っていた。村岡はすぐに北京に飛んだ。

そのタイミングで、アメリカと中国との間で大きな問題が持ち上がった。米軍のステルス戦闘機が上海上空をイギリスに向けて飛んでいたところ、それを人民解放軍の偵察機が見つけ、J－11戦闘機で攻撃したという。これを機会にして、村岡は米軍の司令官に、人民解放軍に京香を返してもらえるように要請してくれと頼んだ。GOODなことに米軍機はJ－11と空中戦をして無事であり、さらに米軍がスパイのためにに上海上空を飛行していたわけではないことを示したために、京香を釈放することに問題なく、村岡は京香を外交官特権で連れ出すことに成功した。その後、米軍は中国に対して通信、つまりITの進歩を促し、同時に人民解放軍の情報を相当知ることとなる。

無事帰国し、村岡は疲れ切った京香を自宅まで送っていった。斎藤参事官はもう天下っていて防衛省にはおらず、この日は家にいた。

「村岡君、世話になった、ありがとう。君と結婚していたら、こんな心配をしなくても……」

「お父さん、あまり言わないで。私は任務だったから無理しただけよ」

「それでは、帰ります」

「村岡特別参事官、ありがとうございました。ここで失礼致します」

「お大事に」

村岡は京香を送り届けると、ほっとしたと同時に、今の自分があるのは斎藤前参事官がいたからだと思った。

十名の特殊部隊

日本の経済は、どんなに削減を続けても債務が減らなかった。軍備にかかる費用も、もはや止めることはできなくなっていた。米軍もさらに横須賀に原子力潜水艦やイージス艦の数を増していた。

村岡が現在の地位になってからもう数年の月日が流れていた。いかに経済の動きを読もうとしても、最早、内外の変化に日本の経済はついていけないとさえ思えた。二〇〇五年辺りの方がまだ希望が持てた。今となっては企業の格差が付きすぎてしまった。それに加えて、エネルギー問題も解決の糸口さえつかめなかった。ＯＰＥＣはとうの昔に機能をなくしている。産油国はそれぞれに原油価格を決めて、一切交渉に応じようとはしなかった。資源のない国の悲しさだった。村岡は原油の確保のため、関係各省庁との打ち合わせに追われた。原油の備蓄にも限度がある。防衛省としても、もう何らかの手を打たざるを得ない。しかし、世界中がさらに関連を深めていっている情勢であり、自国だけを考えることを許してくれる情勢ではない。村岡はいよいよ特別な手段を取らなければならないと思い始めていた。

今にして思えば、山一證券その他が最悪のときにハードランディングするべきではなかったのだが、これはもうとっくに終わってしまったことである。日銀が以前、ゼロ金利政策をとったり、財務省は消費税をさらに一五%まで上げる考えを示したり、特別会計にもメスを入れ始めたりもしたが、時既に遅しであった。債務の利息は利息を呼び、天文学的数字になっていた。時の政府も何らかの対策で解決しなければと思いながら、あまりの金額になっているため手の打ちようがなかった。同時に貿易黒字だったものが、原油の高騰で外貨が不足気味になってきた。

一時期持ち直したかのように見えた経済は、根底に流れる絶対的数字が表面に出てこないだけのことであった。つまりGDPなどの数字は、物価の値上がりから消費者物価指数が上昇するように、数字上だけのものだったのだ。株価上昇も、一般庶民のタンス貯金が市場に出ただけであり、大きくリスクを伴えば恐怖を感じて引いてしまう状況であった。日銀の量的金融緩和が終了すると同時に、一般投資家の信用取引が萎んだことは言うまでもない。政府はやむなく法人税を引き上げることで切り抜けようと試みたが、よけいに景気の足を引っ張っただけであった。

エネルギー問題では、日本も東シナ海で天然ガスを採取していた。ところがとうとう中国から猛烈な抗議が入り始めた。中国側の採取量が最近減ってきたというのだ。カスピ海からの天然ガスのパイプラインは既に、日本海に面しているウラジオストクまでは来てはいたが、勿論全てが日本のものではない。いくつもの国を経由している関係で、また特にロシアも自国の権利を主張していた。これは仕方のないことであった。中国はいよいよ、アメリカとソ連がかつて米ソ冷戦と言われていたように、米中という形になり、日本もアメリカの一部だとさえ言い出す始末であった。台湾海峡では今にも問題が起きるかと思われた。

そんな中、事は突然に起きた。日本の東シナ海の天然ガスの施設が何者かによって爆破されたのである。どこがやったのか見当はつくが、はっきりとした証拠がない。

日米の艦船が急行したが、相手はすでに撤退したあとだった。防衛省としては、外務省と連絡を取りながら、一つの作戦を実行するしか、もう手の打ちようがなかった。

早速、中国大使を呼び戻して会議が開かれた。実行国は中国ではないが、日本としては実行国の追及よりも、どう守るかを議題にするしかない。

その結果、この事件は特殊部隊で解決するしかない、ついては村岡をリーダーとした部隊を編成し、これを乗り越えるしかないと決定された。

特殊隊員は十名。指名された者は、中国大使と同行して中国へ行く者と、極秘に台湾、香港、上海へ行く者に分かれる。作戦本部は我が国の潜水艦。隊員全てにコードネームが付けられる。

今回の目的は、

一、我が国のエネルギーの確保

二、東シナ海の守備

三、日本海における情報

四、パイプラインの守備

五、あらゆるエネルギーの確保、及び自国のための経済的価値を高める資料の確保

各自、自分の手に負えない場合は防衛省に連絡。敵対行為があった場合は、各自の

ＧＰＳで確認と同時に非常信号を発信。さらに、作戦行動全体に影響が出ると判断した場合は、空母からＦ－14を発進させ、局地戦闘に入る。そのため即座にその場を退去のこと。なお当然、外務省及び防衛省より当該国に、異常な敵対行動と判断したと通告をする。

このとき、既に米軍再編も終わり、韓国に駐留していた米軍の一部は日本に駐留していた。作戦本部となる潜水艦は、日本では専守防衛という名目で建造されていたが、空母とＦ－14は米軍の助けを必要とした。

また、この作戦には特別に女性パイロットとして京香が参加することは言うまでもない。なぜなら村岡が京香を中国から助けたとき、「いつか恩返しをするからね」と言ったのを忘れずにいたからだ。

配置は以下のとおりになった。中国大使館同行が一人。台湾潜伏が一人。香港潜伏が一人。上海潜伏が一人。空母待機が三人。作戦本部の潜水艦は、村岡指揮官、副官一人、情報連絡官一人。以上十名である。なお、情報連絡官には、パイロットであり中国の戦闘機調査をした京香を、指揮官の村岡は指名した。最も信頼の置ける部下でもあるからだ。

コードネームは、中国大使館ＳＫ１、台湾ＴＫ１、香港ＨＫ１、上海ＹＫ１、指揮官ＭＫ10、副官ＰＫ０、情報連絡官ＪＫＬ、空母待機ＫＢ１～３、となった。

「以上十名は明日０６００、防衛省会議室に集合。その後、各自目的地に各々で向かう。明日集合したとき、各自に潜伏先での行動予定を暗号で示す。防衛省第３Ｖ暗号による。作戦行動は三十日とする。人数は多くないが、任務は重い。これで良しということはない任務だ。できるところまでで、長居は無用。それだけに激しいものとなるだろう。最初に言ったとおり、今回は破壊が目的ではない。あくまでも情報の収集が目的である。充分に注意してかかるように。以上」


作戦本部となる潜水艦と空母が停泊している横須賀まで、ＭＫ10、ＰＫ０の二名と、空母待機のＫＢ１～３は一般車両で向かい、各潜伏組もそれぞれ散っていった。

それから一週間が経ち、報告が入り始めた。

中国のＳＫ１からは「軍部と中国共産党との関係は微妙」。

台湾のＴＫ１からは「この件では非常に神経を尖らせている」。

香港のＨＫ１からは「全体の雰囲気は平和である。何の騒ぎにもなっていない」。

上海のＹＫ１からは「地下基地建設の予定があるようだが、確認する」。

ＪＫＬからは「戦闘機ＦＣ－１がステルスを装備し始めたが、確認が取れていない」。

ＭＫ10ら側は、原子力潜水艦同士及び潜水艦のにらみ合いが熾烈を極めていた。

これらの報告を、最初の目的と照らし合わせて検討してみる。
一、ＳＫ１からの報告から推測すると、原油の不足を軍部が相当不満に思っているようだ。今後、日本もどのように確保をしたらいいか、さらに検討すべきである。
二、東シナ海の守備は、現在より広い範囲で監視の必要あり。
三、日本海に於いては、対潜水艦哨戒機であるＰ－３Ｃと、原子力潜水艦を配備する必要あり。
四、パイプラインに関しては、近い将来、日本海の海底油田をさらに深部まで掘り下げる必要あり。
五、グローバルに秘密エネルギー資料をある程度収集のこと。
アメリカ及び産油国以外は、相当に原油争奪戦をしているため、いつ紛争が起きても不思議ではない。我が国ももっと根本的な対策を必要とする。

一週間目はこれが結論となった。

しかし村岡は、潜水艦で極東に於ける海底のにらみ合いの激しさを目の当たりにしたために、この程度のことでは手ぬるいと感じ始めていた。それにもまして、我が国の現状を見るとき、何かあれば国民ばかりが犠牲になってしまうことを痛感していた。

村岡はＪＫＬと通信を始めた。

「ＪＫＬ、至急検討課題がある。空母に至急帰艦せよ」

「了解。本日１６００、空母進路の通告待つ」

「ＪＫＬ、空母進路は、帰艦０４０５の時点で通達」

「了解」

最初の作戦計画に、村岡は自分の甘さを感じていた。もっと局地的な作戦計画の方が良かったのではないか。とにかく京香と検討してみようと思った。

その後、予定どおり京香は空母に着艦し、潜水艦に乗り込んだ。潜水艦が浮上することは非常に危険なことではあるが、艦長は危険を冒してくれた。当然、空母から離れた海域で、ヘリでの乗艦である。

艦長室を借りて二人で検討に入った。副官には、潜望鏡とレーダーに異常が見られるため、その対応をしてもらった。

「日本海、東シナ海にあまりにも原潜が多い。二国だけではなく、船籍不明のものもいる。我が方もこれでは守りにつけない状態だ。私は作戦期間どおりに行動するが、君は防衛省に戻り、エネルギー庁の長官と、今後の備蓄量の再検討を行ってくれないか。その報告は、作戦が終わり次第、私が帰ってから聞くか、君がまたここに戻ってくるかだ」

「了解しました。しかしここへ戻ることは出来ないと思います。なお作戦終了後、お話があります」

「了解した」

京香は即座にヘリで空母に戻った。京香であればこそ、こんな行動が取れるのだと村岡は思った。村岡にとって、他の隊員には頼めないことも京香にならら頼めて、そして実行してくれるのだということが今さらの如く強く感じられた。

日本は中国に対してあまりにも甘かった。それはアメリカにも言えることである。確かに中国の人件費は安い。しかし今の中国は、そのために技術的なノウハウをリスクなしで他国から得てしまったではないか。

とにかくこの作戦でどこまで実情を調べることができるか、それが大きな目的でもあるが、やがて二週間が経ち、再び目的順に報告が入った。

一、モンゴルやチベットの原油も探査し、いくつかは物になりそうなものもあるようだ。

二、東シナ海海上では、原子力潜水艦を探索する駆逐艦が随分増えた。

三、日本海はもう全てが終わり、あとは戦争あるのみ。
四、南シナ海も掘削の時代に入った。
五、経済はもう原油の資料に置き替えられる。
これらの報告を受けたとき、村岡はこの作戦はここで終わったと思い、全ての隊員に撤収命令を通達した。自分のエネルギーに対する認識や経済の認識が、いかに日本人的であったかに気づいたからだ。根本的に考えを変えなければならないことを痛感した。

専守防衛

全員が日本に戻ると直ちに、村岡は防衛省の参事官室に隊員たちを集めた。

「皆、よく調査してくれた。結果が出たため作戦を終了とした。これは皆が優秀に活動してくれたお陰だ。その調査の結果、日本が今何をしなければならないかを認識した。いずれそれを伝えるときが来る。そんなに遠い時期ではない。それまで充分に体力を温存して待っていてくれ。以上だ」

皆が解散したあと、村岡は京香だけを再び呼んだ。

「さっきはご苦労様。さて、これからはちょっとプライベートの話をする。上官でもなく部下でもない、元の見合い相手という立場に戻ろう」

「ちょうど良かった。潜水艦で言ったとおり、私も話があるんです」

「そのこともあって、この時間をとったんだ。まず私から言わせてもらう。見合いの件だが、君は自分から断ったことにしてくれた。これには私は非常に驚いたし、感謝もしている。次に、君はこれからどう生きるつもりかを、もし良かったら話してもらえないかと思うんだが」

「見合いの件は、私が独断でしたことが、良かったとすればそれでいいのです。次に今回の作戦ですが、私は先に一人で内偵に入ったときに、もういくらか中国の状態を把握していました。しかしそのとき助けていただいたことは一生忘れません。何をおいても救助してくださったことは、あなたが私を忘れていなかった証明だと思っています。お話はもう一つありますが……、これからのことも含めて、それはまた言う時期が来れば、ということにします」

「わかった。次に、二等空佐としての君に対してだが、絶対に極秘の、私の考えを言う。賛成か、意見があるか、今日でなくてもじっくり考えた上で言ってくれればいい。では本題に入ろう。まず、現在の日本の置かれた状況は、エネルギー問題に関しては、先行きは第二次戦争前と同じくらいかもっと酷い状況になるだろう。逆に言えば、今までなんとかなっていたこと自体が不思議なくらいだ。米国は安保条約を一方的に投げ出すことができる。米ソの時代の方が、まだ日本を必要としていた。しかし米中のこの時代は中国をマーケットとしていて、アメリカは日本に何の魅力も感じていない。表面には絶対見せないが、この極東圏はアメリカにとって面倒な国々が多い。確かに利用すればできるが、もうアメリカにとっては本土、ハワイ、グアム等があれば充分防衛的に問題はない。と言うよりもそれを推進してきたからだ。さて今後、日本は自国のためにもっと考えなければならない。思い切った防衛計画を持たないと、いずれ中国は逆に日本を植民地化すると思う。今まで散々欧米に好きなようにされたことを、今度は自分たちがするだろう。日本のいろいろなノウハウは充分役に立つからな。つまり、今の内に日本は完全な専守防衛体制を持つべきだ。今だからこそ必要なのだと私は考える。私は決してファシストではないが、将来の日本は、このままだとどこかの属国になる。まだ経済は隠れた能力を持っているが、しかし格好良く言えばグローバルになりすぎた。もう一度、自国の資本を集約し、それを防衛予算にしなければならないと思う。経済的にたとえアメリカを怒らせてもやるべきだ。というのは、アメリカ債権を売ってでもやるということだ。多分、アメリカの市場は最悪になる。だが日本のためには仕方のないことだ。そこで君はアメリカに行き、人脈を構築して欲しい。特に防衛産業と、少しでも早く正確に。まだアメリカ側が我々の本音に気づかぬうちに、専守防衛ができるように準備をする。むろんアメリカの債権を離すのは最後の手段ではある。我が国の国防は一ヶ月や二ヶ月でできるものではない。今、経済はまた落ち込んでいるが、軍需産業で回復させるしかないだろう。最後に、これを実行するためには私も命を懸けねばならない。同じく君もだ。将来、日本の子孫が生き残れるかどうかの瀬戸際だと考える」

「お話、よくわかりました、中国に行けばわかりますが、あの国は体制を変えるつもりはないようです。人民解放軍と共産党員のためには、人権や殺しも何とも思っていません。現在の軍備は最早、我が国どころではないのです。我が国は軍備の点で完全に騙されていたのです。日本の国民や政治家は、共産主義の怖さをわかっていません。あれだけ北朝鮮を酷い国だと言いながら、それを助けている国を勘違いしているのです。ところで、アメリカでどれだけ人脈を構築できるか自信はありませんが、やれるだけやってみます。情報網は日本より数倍進んでいる国ですから、ある意味怖いとも言えるのです」

「君の言うとおり、現在、中国は軍事と同時に石油戦略に必死だ。中国の情報は、中国に行くよりアメリカの方が詳しいものが得られると思う」

「私はパイロットの資格を米国で取ったために、同期の訓練生がいくらか偉くなっています。だからそれなりにコネクションがあるかも知れません。とにかく努力してみます」

「こちらも国内的に動くことで、変えていくことができると思う。政治家も官僚も全く現状を認識していない。どこかで変えていかなければならない」

「明後日、出発致します」

「頼んだぞ」

村岡は、日本を根本的に変えていくにはどうしたらいいか考えた。政治家は理屈が多いばかりで駄目だ。やはり防衛省の中から変えるのが早いだろうと思った。

「志津子、ほんの二年ほどで世界は変わった。俺は決してファシストではないが、今後は今までのような体制では駄目だと思う。世界の各国は軍備で世界を制覇する。エネルギー問題もそうだ。力で押していくつもりはなくても、結局エネルギーを制する者が経済をも制する。実際に戦争はしなくても、核実験をした国が他国に圧力をかけている。どんなに綺麗事を言っても、どうしようもない」

「最近は話し合いとか対話をしても、解決にならないことが増えましたね。それは私も感じています。特に国家間の問題では、日本の交渉能力が駄目のようですね」

「そうなんだ、根本的にこれからどうするかが目標として出てこない。ここら辺りで一大決心をしなければならないと思う。この間は中国を目標にしたが、やはり戦略的にはアメリカの方針を完全に読み取る必要があると思う。そのため特務情報の人間をアメリカに飛ばした。どんな情報が取れるかわからないが、これからは一番厄介な国内と戦わなければならない。お前たちにも危害が及ぶかも知れない。それを言っておこうと思ったんだ。国民が一番嫌がることをしなければならないからな……」

この言葉で、志津子は夫が何をやろうとしているかを大体理解した。

村岡は翌日の防衛会議で原子力潜水艦の建造を提案した。なぜ必要だと考えたかは、勿論東シナ海、南シナ海及び日本海で他国の原潜がいかに多いかを見てきた結果である。専守防衛に限るに決まっている。

財務省から一番に反対が出た。エンジンが原子力であるだけで爆弾を持つのとは違うが、原子力というだけで反対する官僚もいた。無論、村岡が予想していたことである。日本は自国を守らなければならなくなった。どこの国も日本を守ってはくれない、と村岡は力説した。

村岡が提唱した日本に必要な軍備は、

一、原子力潜水艦二隻（攻撃型。敵の攻撃を想定して）

二、航空母艦三隻

三、ステルス戦闘機、最低十機

四、イージス艦に於いては既に所有

また、アメリカは既に徴兵制度をやめているが、予備役という制度を持っており、日本は五年間の徴兵制度を必要とする、とも提案した。

会議は紛糾し、結論は三日後となった。この内容がもしマスコミに流出したら、どんな世論となるだろうか、と村岡は思った。しかし彼には自分の信念があった。

今、日米安保がなかったら、到底これだけで足りるわけがない。誰だって戦争は嫌だ。しかし他国から凌辱を受けるのはもっと嫌だ。特に共産圏に支配されるのは耐えられない。これだけ自由を手にしてきた国民にとって、そんなことが我慢ができるわけがない、と村岡は考えていた。

突然、京香からＦＡＸが入った。「アメリカ副大統領とアポが取れた。至急ワシントンまで飛んでくれ」という内容だった。

「志津子、急にアメリカに行かなければならなくなった。そんなに長くはないが、軍用機で飛ぶから連絡は取れない。無事に帰るよ」

「ご無事で。待ってます」

村岡にとって志津子は何にも代えがたい、昔流で言う〝恋女房〟であった。もし戦争で何かあったとしても、志津子は絶対に敵には渡さない、と思いながら、村岡は乗り慣れたＦ－16に乗り込んだ。サイパンで給油し、ハワイを経由してワシントン・ダレス空港に直行した。

無論、京香は迎えに来てくれていた。軍服ではなく、珍しく普通のスーツ姿だった。京香は村岡のスーツも用意してくれていた。

「着いてすぐだけど、これからホワイトハウスのゲストルームに行く。いろんな話はそれから」

「わかった」

ホワイトハウスでは副大統領が待っていた。村岡は型どおりの挨拶をすると、すぐに本題に入った。事前に京香が村岡の意見の概要を伝えておいてくれたらしく、話はスムーズに伝わった。

「君の意見は、実を言えば我が軍の考えていることと同じだ。ただ、日本の世論がうるさいのと、他の近隣諸国がうるさい。WWⅡは既に昔の話だ。世界戦略の前では、なんでもないことさ。通信網はもう、我が国は完全に宇宙を含めて防衛ができている。日本がこれからどれだけ実力があるかを見せなければならない。君が要求している軍備については反対が出ると思う。しかし、今やらなければ間に合わないだろう。我が国は有事がない限り、沖縄や日本本土から、無論横田、厚木も同じく引き揚げるつもりだ」

「私が考えているとおり、何がなんでもやらなければと思っています」

「君の立場、地位から、やり方を考えられるはずだ」

「ありがとう、やってみます。しかし、今の日本のマスコミや国民はまだ原子力ということ、軍備ということに抵抗があります。一部の政治家には理解している者もいますが、残念ながら、平和に慣れきっている国民が、そんなことに賛成するとはとても思えません。かつてのロッキード事件のときのように、外国から何か大きな刺激があるといいのですが……。当然、私も命を懸けるつもりです。しかし、私の命ぐらいで世論を動かすことは難しいのです」

そこで京香が口を開いた。

「私は攻撃機のパイロットとして日本で初の女性であり、当時、大変な取材攻勢にあいました。最初は内密にしていたのですが、防衛航空ショーでやむなく乗ったときに、皆大変驚いたようでした。日本にはまだまだ戦争の傷跡が残っています。というよりは、戦後六十年以上経っても、戦争をするということと、軍備をするということの違いがわからないようです。ミスター村岡の言うとおり、防衛のために軍備が必要であることを印象付ける、何か良い方法はないものでしょうか」

これには、さすがの副大統領も腕組みをして考え込んでしまった。

「……それは非常に難しいことだ。アメリカとしてフォローすればするほど、逆作用になる。なぜなら日本に原子爆弾を落としたのは我が国だからだ。よけいに難しい問題になる。さて、どうしたらいいかな……」

そこで村岡が、自分の考えを整理するかのように呟いた。

「……今の日本の世論を動かすには、ナショナリズムを目覚めさせるか、時間があれば教育という方法もあるが、残念ながらそんな時間はない。嘘でやることができても、それはかえって逆効果だし、遠い外国の話では日本人は第三者として見てしまう……。実際に日本の国民が、外国人に凌辱されている場面を突きつけることが必要だろう。日本人が軍備を必要だと感じるときとは……？」

そこで、ハッと何かに気づいたように村岡は言葉を続けた。

「そうだ、『戦場のピアニスト』という映画があったな。あれを日本人に置き換え、もっと残酷な描写にしてみたらどうだろう。無論ストーリーもそのままではなく変える。これしかない、やってみよう。まずは、映画会社や撮影場所をどうするかだな」

すると副大統領が表情を明るくして言った。

「それは効果があるかも知れない。日本の総理には私からも、ナショナリズムについて悩んでいる日本人が二人いるということを強く訴えておきましょう。私の協力できることはそれだけですが、ぜひ頑張ってください」

二人にとって、それ以上の言葉はなかった。

「本当にありがとう。良い結果が出るように努力します。いつか三人で、上手くいったと笑える日が来ることを祈ります」

「今日はわざわざ遠くから来てくれてありがとう。世界が平和であるように祈っています」

「息子さんにもよろしくお伝えください。また遊びに来ます」

二人がホワイトハウスを出た頃には、日はとっくに暮れていた。

「よく副大統領が会ってくれたね」

「私の同期が、偶然副大統領の息子だったの」

「そうか、タイミングが良かった。——今日はもう疲れた。君も疲れただろう」

「村岡さんは日本から飛んで直行したから、私よりもっと疲れてるでしょう」

「うん、まあそうだけど、伊達に鍛えてないよ」

「ともかく、食事でもしましょうよ」

「日本を離れて、しかも京香さんと二人というのは、めったにないことだな」

「あら、恋しい奥様に言っちゃおうかな」

「それとこれとは別だよ」

「わかってる。でも、半分本当であって欲しいな……」

「軽く飲んで、それから食事にしようか」

「それならちょうどいいところがあるわ。とにかくホテルに帰って着替えて出直しましょう。アメリカは日本と違って服装が大事だからね」

「映画の具体的な話は明日考えよう」

「そうね、急いでもいい案が浮かぶわけないものね」

アメリカのナイトクラブは日本で言うレストランクラブのような形式になっている。二人はドレスとタキシードに着替えるとタクシーで向かった。京香はボーイッシュな感じと、なんとなくヤンチャな部分を持っている。村岡にとって京香は志津子とは全く違った存在だ。

外国であることは、二人にとってなんとも開放感があった。ちょうどグレン・ミラーが流れていて、雰囲気が良かった。まずは食前酒としてシャンパンで乾杯。それからちょっと変わったところで、アプリコットブランデーのロックを飲んだ。続いて、羊の生ハムをつまみながらコニャックを飲んだ。

「雅紀さん、踊れる?」

「踊ってみようか」

京香は肩と背中が見えるドレスを着ている。村岡はタキシード姿で、酔っても顔に出ない。京香も酒が強そうだ。正に美男美女、そして共に運動神経抜群。

二人は最初はきちんと踊っていたが、コニャックが効いてきたようで、さすがの京香も村岡の胸に顔をうずめ始めた。テーブルに戻った京香は、ちょっと目が潤んでいた。

「前に、もう一つは言う時期が来たら、と言ったことがあったわね。今それを言うわ。

本当はちょっと早いんだけど、言える機会に言っておかないと、お互いいつ命を落とすかわからない仕事だから……。でも、絶対に駄目って言わないと約束して。でなければこのことは話せない」

「わかった。僕は君のことを尊敬しているという自覚もある。ここまで来て君に駄目だとは言わないよ」

「じゃあ、言うわ……、私はあなたの愛情はいらない、ただあなたが欲しいの。あなたが志津子さんを愛していることはわかってる。だからあなたの愛情まで欲しいとは思わない。ただ欲しい……あなたが」

「君らしいな……。わかった、僕で良かったら」

「その代わり、私は一生結婚はしないわ」

「そんな束縛は、僕は好まない」

「いいの、私が決めたんだから」

「僕は君を束縛しないと約束するよ」

「いいの……、私が自分で決めたことなんだから」

二人は夜のふけるのを忘れたかのように、飲み、食べ、踊り、心ゆくまで話をした。

たった一度の見合いの縁が、こんなに深く二人の心を結び付けるとは、世の不思議さは神のみしか知らない。

時間が午前三時を過ぎた頃、二人は店を出た。ホテルの部屋に着くと、村岡もやはり相当酔っていることを自覚した。

「雅紀さん、さっきのこと、本当にいいんですか？」

「わかってる」

「……先にバスルームに行きますね」

京香のシャワー姿が磨りガラスに映っている。村岡は心の中で志津子に、「ごめん、仕事みたいなもんだよ……」と呟いた。しかしその言葉に、己の男としての罪深さを感じるのであった。男は女の体を忘れることができる。女も忘れるのだろうか？　いや、女はずっと体で覚えていると思う。男の一つひとつの癖さえも覚えているものだ。でも、京香のようにはっきりと「愛情はいらない。あなたが欲しい」などと言われてしまうと、逆に忘れられないものとして残るような気がした。

交代で入った村岡がシャワーを出ると、京香は既にベッドに入っていた。

「いいのかい？」

「雅紀、そんな野暮は言わないで」

村岡が京香を思いっきりアッパーシーツごと抱き上げると、さすがに彼女はびっくりした。そのままベッドに下ろすと、噛み付くようなキスをした。村岡もだいぶ酔っていたせいもある。京香はそれに応じるように大きく口を開けると、互いに強烈な、まるで互いの内臓までも吸い上げるかのように、唇のあらゆる部分を噛み、吸い、世の中にこんなキスがあるのかというぐらい激しく求め合った。

お互いの体を食べ尽くすように舐め、かじり、やがて一つになろうというとき、こんなに激しい京香なのに、村岡が入ろうとすると涙をすっと一筋流した。村岡は彼女が初めてだということを知らないふりをして強引な形で入った。京香は彼が入ってきたことで、安心したようにさらに泣いた。愛しさと、女のあまりにも一筋な気持ちに、村岡さえも涙が出そうになった。

京香は初めてにしては、村岡の激しい動きに対応するかのように、体内の全ての水分を出すかのように、彼の体を離さなかった。なぜ二人は結婚という形では結ばれなかったのだろう。京香の激しい気性がそれを許さなかったのかも知れない。激しくて、負けず嫌いで、でもそんな女だから、逆に情が深いのかも知れない。

全てが終わったあと、二人は死んだように眠った。翌日、日が随分と高くなる頃まで――。

本当は、村岡は京香をそっと寝かせておいて、一人でダレス空港から飛びたかった。しかし映画の話を詰めなければならない。いくら酔っていたとは言え、京香とこうなってしまったことに、やはり志津子に対しての罪悪感のようなものも少しよぎった。でも、村岡には京香を拒絶することはできなかった。

「雅紀、もう起きたの……?」

京香は物憂げに彼を見上げながら、眩しそうな表情で両手を差し出した。

「そうだよ、昨日の話の続きをしなきゃ、そうだろう?」

「わかってる……でも、もう一度、キスだけ」

京香のこんなに甘えた声を聞くのは初めてだった。どんなに強がりを言っても、京香も女なんだなと村岡は思った。何も今さら思うこともないのに、と思いながら、優しく唇を軽く吸い上げるようなキスをした。京香は両手を彼の首に巻き付けて離さなかった。

昼食を簡単に済ますと、映画の話に入った。もういつもの京香に戻っている。

「まずは資金をどうするか、それと、どこの映画制作会社に頼むかを決めよう」

「お金の件は雅紀さんが考えて。やり方も任せるわ。いくつか案があるんでしょ？」

「うん、ないこともないけど、一番いい方法はどれかなと思って」

「防衛予算の中に広報費があるわ。無論、使うにはそれなりに理由付けが必要だと思うけど」

「わかった。どれくらいの金額が必要になるか調べてくれ。それと、どこの会社に頼むかだが」

「それは私の人脈の中で探す。どこの国の会社がいいかしら」

「じゃあ、それは君が考えてくれ」

「わかった、国と金額は至急に調べる」

「問題は、最終的に目的の軍備ができるかだ、それが心配だ」

「ここまできたからには、是非やらなくちゃね」

「国と金額の二点がはっきりしたら、僕は行動に移す。これは、日本がこれから自国を守っていけるかどうかという大きな問題だ」

二人は話が終わると、フライトスーツに着替えて車でダレス空港に向かった。ダレス空港は民間機がほとんどである。整備は頼めたが、何しろ管制官がうるさい。民間空港なので当然のことである。

車を降りるとき、京香はやはりなかなか村岡を離さなかった。そして何度かのキスのあと、また一筋の涙を落とした。村岡にとってもこれは辛かった。愛情はいらない、体だけでいいなどと、凄いことを言う女だ。やはり、部下でもあるがゆえに……。

帰ればいろいろと宿題を片付けなければならず、日常の業務もある。日付けで言えばたった三日だけのとんぼ返りの間に、いろんなことがありすぎたな、と村岡は空を見上げた。

映画

帰ってみると、原油の価格のこと、日中間の状態がさらに悪くなっていたことなど、予想どおり問題は山積みだった。最近はアメリカは細かいことには干渉しなくなった。それだけに、日本としての軍備は不可欠である。それも必要最低限と思いながら、原子力潜水艦、ステルス機、空母などを考えると、金額にして軽く二十兆円くらいにはなってしまう。あの第二次世界大戦のとき、あんなに厳しい財政の中で、よくもあれだけの軍備ができたものだと村岡は感心した。

内閣官房の金だけではとても話にならない。なんとしても政治的に予算を獲得しなければならない。それには国民の信頼と賛成を得なければ無理だ。やはり国民の国家意識を高めなければならない。

やがて京香から、映画制作会社はアメリカのウォーナー社に決めたこと、撮影場所は韓国に決定したこと、制作費は四十五万ドル、日本円で約五千万円であることが報告された。この程度の予算であれば、内閣官房と防衛省の広報費予算でなんとかなるだろう。

映画の予算は大丈夫そうだが、軍備の予算は桁違いだ。恐らく全部を単年度予算にするのは無理だろう。幸い政局は与党がまだ多数であるが、野党の反発がどう出るかだ。しかし、二十兆円を超える金額も、国民を他国の攻撃から守るとすれば安いものなのかも知れない。これは思想や感覚の違いでもあり、一言で言えるものではないし、予算はあくまで比較の問題であり、この額だと福利厚生に使えば大変なことができるはずである。

「志津子、俺のやろうとしていることは間違っているかな……。グローバルに考えたとき、開発途上国は人口が凄い勢いで増えている。二十兆という金は、もしその人たちに渡すとしたら大変に大きな金額だ。しかし今、我が国でやっておかないと、日本が覇権主義の犠牲になる可能性もある」

「私もそれは難しいことだと思います。人間が生きるということは、真の意味で人道的に徹してしまえるかどうかということだと思います。ガンジーのように、またキリストのように、右の頬を叩かれたら左も出せるかというところでしょう。私やあなたはどれだけ犠牲になってもいいかも知れない。でも、これから未来のある和樹にそれをさせることは許せない」

「ある意味、人間というのは救えない部分があると思う。だから宗教や神の世界がある。昔ローマ帝国では、占領した国の国民は奴隷にした。しかしその国の神は、神殿の中に祀ったそうだ。国民は奴隷にしても神は奴隷にできなかったというわけだ。そして、神のために人間は死ねる。これは思想として考えると難しい。俺の役目だけを考えなければできないことかも知れない」

「私はあなたに人生を預けました。だから、あなたがよほど間違ったことをしない限り、反対はしません。また、するべきではないと考えています」

村岡は、やはりここは頑張るしかないと思い、翌日から行動を起こすことにした。

映画の予算は大丈夫だとして、進行状況と準備について京香に電話をした。

「映画の予算は見通しが付いた。進行状況はどうだ」

「あれからウォーナー社と打ち合わせに入り、とりあえずＯＫは取り、十万ドルを先渡しすることで契約となります。あとは現地で準備に入ります」

「わかった、早速、送金する。確認できたら一報をくれ」

「わかりました。それと、韓国に入る前に少し原隊に戻りたいのですが。最近、乗ってないのが心配です。体がなまるのは困りますから」

「わかった、君が帰ったら相談しよう」

「あと……私らしくないことを言います。やっぱり寂しいです」

「わかるが、それは、君が断るなと言ったためのものだ」

「私は、自分がやはり女であることをわかっていませんでした」

「前から見ても、後ろから横から見ても、立派に女だ。それもただのじゃない、優秀で、魅力も抜群だ。私も伊達や酔狂でそうしたわけじゃない。しかし少なくとも目的達成までは、お互い命を懸けているだけに、このことはなかったこととして我慢してくれ。君のことは、志津子と別の意味で必要だと思っている。――これでいいかな」

「すみませんでした。雅紀さんのことを思い、頑張ります」

「私も大変な部下を持ったと思っている。目的は達成まで何年かかるかわからない、それくらいの覚悟はして行動したつもりだ」

「了解しました。しばらく女を忘れます」

「では、無事帰るのを待ってるぞ」

電話が切れた。あの激しい京香が初めて弱音を吐いたことで、村岡はよけいに彼女をいじらしく思い、彼女により惹かれそうになる自分を抑えるのに努力が必要だった。


防衛費の予算は年を追うごとに削減されている。村岡は、やはり映画が上映されてからでないと簡単にはいかないだろうと思った。映画の撮影には自分も立ち会い、ともかく急がせなければならない。同時に防衛省の内部の雰囲気作りも必要だ。どこから手を付けるか……、要するに、陸、海、空、三軍にわたる問題である。旧海軍を見ればわかるとおり、空母に乗せる攻撃機は海軍所属になる。原子力潜水艦も海軍である。しかしステルス機となると、果たして空軍が海軍に譲るだろうか。空母に乗せる艦載機は何もステルスでなくてもいいと空軍は言うかも知れない。

元々旧陸、空、海の三軍はあまり良い関係ではなかった。パールハーバーで有名な海軍の山本五十六は、開戦か否かを決定するために何度も行われた御前会議で、最後まで開戦反対を唱えていた。米英の実力を充分知っていたからである。しかし、戦争突入の先陣を切らされた。彼は恐らく自分が、戦争推進派の陸軍から狙われていることを知っていたと言われてさえいる。

今はとにかくなんとしても、せめて制服組だけでもまとまってほしいと村岡は思った。とりあえずステルス機は空軍所属にしよう。今は違うが、京香は最終的には空軍に配属となるだろう。また、陸軍にはいずれ必ずロボット集団が必要となるので、そのときに大いに予算を組める。この少子化の時代に人命を粗末にはできないからな……。村岡だって戦争をしたくてこの仕事をしているわけではないのだ。

京香がアメリカから帰ってきた。

「ただ今帰りました。しばらくの間、厚木基地で飛行訓練を行い、時期を見て戻ります。すっかり体がなまっちゃいました。ウォーナー社との連絡は、こちらにするように言ってあります。よろしくお願いします」

そう言いながら、いつものように村岡にウィンクと敬礼をしたあと、ニコッと笑顔を見せた。今日はフライトスーツを着て、今すぐにでも飛べるような格好をしている。それが、さらに髪を短くした彼女にまたよく似合っていた。

「確かに連絡は受けている。充分気をつけて飛ぶように。以上」

「斎藤二等空佐、原隊に戻ります」

村岡は、本当は彼女が可愛くて抱きしめてやりたいほどだったが、それはできることではない。京香も精一杯我慢していた。

映画の監督は、まだ若いが経験豊富なロバート・ヘンダーソンに決まったという報告がすでに京香から入っていたため、村岡は早速打ち合わせに入った。何しろ元になる「戦場のピアニスト」とは違っているようで同じストーリー展開を要求するのだから、各方面からクレームが付かないようにしなければならない。

各部分をどのように変えていくかが非常に難しい。戦場はどんな展開も可能であるが、楽器はピアノではなくヴァイオリンにすることなどが決まり、ようやく全体的な構想もまとまっていった。あとはスタッフ、キャストなどを決めて撮影現場に出向き、本格的に撮影に入る。

言うのは簡単だが、一つひとつ条件をクリアしていく途中にはいろいろなことが起こった。しかしさすがに専門集団、総勢で四十人の人間は黙々と自分の仕事をこなしていった。当然、当時の飛行機や軍備などのセットの準備も大変だった。俳優らは、韓国がちょうど俳優層が厚くなっていた時期なので助かった。京香も最後の三ヶ月は撮影現場にやってきて、打ち合わせに加わり、スタッフと大いに議論していた。

クランクインしてから八ヶ月後にクランクアップし、その後はフィルムの編集に入った。日本の映画配給会社との折衝も進み、系列の映画館も決まった。

その頃、村岡は軍備の予算の打ち合わせで財務省などと交渉に入り、結局三分割で十九兆円を申請することとなった。しかしそれが必ず通るとは限らない。最初の六兆円が通ればあとも通る可能性が高いが、三年間政局が変わらないという保証はない。本当に、そのときになってみなければわからないのだ。

映画の宣伝の方もまた防衛省の広報費を使い、財務省から呼び出しを食らいながら、TV宣伝もかけた。勿論、防衛省制作の映画だとは感じさせないことが必要だった。

蓋を開けてみると、それでも映画は結構ヒットした。お陰で国民の愛国心を突くことができたようだった。あとは軍備予算が通ってくれれば良いが、年末を過ぎないと先が見えない。

財務省の主計局は、うるさい。まして一般会計の中でも国債で出す部分と税収で上がった分との割合が、二〇〇六年辺りは半分ぐらいであったが、最近は税金のシステムが少し変わったので国債が多少減った。とはいえやはり一般会計予算は厳しい。主計官でも頑としてわかろうとしない人もいる。

日本は政治と官僚のバランスが悪い。日本は共産主義ではないが、官僚国家である。村岡も、一般論どころではなく官僚そのものである。しかし彼は自分は普通の官僚だとは思っていない。一口に官僚と言ってもいろいろいるが、特に命を懸けて仕事をしている官僚などあまりいないだろう。確かに財務省の主計局の人たちは、その時期になれば徹夜、徹夜の連続になる。国の仕事をして命を落とす人もいる。

村岡は防衛省の中でも内部部局に属しているが、内閣官房の中は複雑であるが故に、兼務の人間は表には絶対に出ない。本当を言えば、財務省の人間と折衝することは全くない。当然、特別会計でやれば二十兆円はさして問題になる金額ではない。しかし軍備というものは表から見える。苦労して予算を通した部分が国民に見えないと、国防という観点からも、憲法上の問題もある。近隣諸国との問題は表の部分が出てしまうだけに、やはり内部だけで解決はできない。国民感情は選挙にはっきり出る。政局が反転したり、思うように立法として機能しないと、まずいことがたくさん起こる。

村岡は政局など興味はない。しかし日本を本当に動かしているのは一体誰なのか。表面上は国民ということになっている。確かに選挙があり、与党と野党が存在する。でも国民一人ひとりの力や意見は反映しているだろうか。本当に国民が困ったときに、国は個人を助けてはくれない。また国民もそれほど国に期待をしているだろうか。

村岡は映画を作りながら思った。これが現実だったら、第三国に日本人が奴隷のように扱われたとしたら、どうなるだろうかと。今の日本のままだと、その可能性はありなのだ。資本主義の中で、拝金主義はいけないと言うけれど、弱肉強食が資本主義の根本なのだからしようがない。専制主義の国はそれと違うが、金が人間を支配すると言えばそうなのだ。村岡は自分の考えていることに自信を持ちたいがために、いろいろと考えているのかも知れない。要するに人間は、何千年経とうが、形は変わってもローマ帝国と同じだということだ。法律と言えども、人間が作り上げたものだ。それを「秩序」と言う。

女優

年は暮れ、二〇一〇年を迎えて軍備の予算は通った。何から始めるかは防衛省の内部でももめたが、結局、原子力潜水艦の建造が急がれた。あとは恐らくここ何年かで目的は達成されるであろう。

日本の国のナショナリズムが少し上を向いたところで、根本的なエネルギー問題にも入らなければならない。この年はまたこの上なく寒く、ガソリンは一リッター三百円を超えた。灯油に至っては十八リッターで二千五百円。これは庶民の生活を完全に破壊する値段である。当然、備蓄はあるのだが、これからの供給を考えると心細い。政府は何をしていたのかと国民は騒いだ。村岡は、こうなることはいくらかは推測していたが、本当にそうなるとは思っていなかった。

地球環境が年々悪くなっていることはわかっている。近隣諸国の気温は上下を繰り返すようになり、ここに二、三年で季節が壊れたかのようにおかしくなった。気象庁もこの変化を読み取れなかった。オゾンホールの問題は昨日や今日ではない。世界の人口はもうすぐ七十億を超え、異常気象による食料問題が起こり始めた。気候の急激な変化は、人間が考えているよりスピードが速かったのだ。

そんなある日、村岡の執務室に志津子から緊急に電話が入った。

「あなた、お母さんが倒れたの。救急車で運ばれて、原因は今調べているらしいわ。お父さんがすぐに帰ってくるようにって」

「えっ、お袋が……、わかった、これからすぐ東京駅に向かう。君は和樹を連れて八重洲口まで来てくれ。何時に来れるか？」

「そうね、一時間半後くらいなら」

「すると十一時半頃だな」

「はい。じゃあ八重洲口の改札で、その時間に」

「わかった」

村岡は今まで親孝行らしいこともしていない。長男だが家業は弟夫婦に任せっぱなし。考えてみればちょっと無責任だったかも知れないと思った。志津子には、和樹のこと、親戚関係、両方の親とのこと、全部任せっぱなしにしていた。日本の国のことばかり考えていて、つい自分の身内のことを忘れたわけではないが、そこまで手が回らなかった。さすがに村岡は後悔の念に駆られた。

東京駅で志津子と和樹と落ち合い、新幹線で静岡に着くと、村岡は弟の携帯に電話し、病院を確認した。

「ああ、兄さん？　お袋は脳出血だったけど、幸いそれほど酷くはなかったみたいだ」

「雅夫、悪かったな。でも、なんとか無事で良かった」

教えられた病院に向かい、母親の無事を確認したあと、村岡は久しぶりに父と弟と談話室で向かい合った。

「雅紀、俺も相当年になった。お前は全然顔を見せてくれないから寂しいよ」

「親父、悪いと思ってる。これからはできるだけ顔を見せるようにするよ」

「お前は偉くなったが、俺から見ると、偉くなりすぎた」

「すみません、私が至らないものですから……」

「いや、志津子さんは時々、電話をくれたりしていたからな。でも雅紀の声を聞いたのも、顔を見たのも六年ぶりだ」

「親父、悪いな。言い訳するつもりじゃないけど、親父も知ってのとおり、ガソリンが無茶苦茶な値段になってる。これからの経済を考えると、商売が合わなくなる。雅夫だってきっと苦労してると思う。お袋が助かったようだから言うわけじゃないが、東京へ来ないか？」

「うん、お前の言ってることはわかる。しかし、今さら東京は……」

「今すぐとは言わない、ゆっくり考えてみてくれよ」

村岡たちは三日ほど静岡の実家にいて、母親がもう大丈夫だとわかったので東京に戻ることにした。

村岡は帰りの新幹線の中で考えた。今は年金もあまり期待できるほどのものではなくなった。それに、こうした新幹線なども便利ではあるが、もし電気が使えなくなったらどうなるか。くだらない妄想だとも思うが、実際にそうなったときは日本のほとんどの機能が麻痺してしまうだろう。日本のインフラについて、もっと真剣に考えておく必要がある。高速道路にしても、韓国では滑走路に転用できるように作られている。意識的に直線の部分をいくつか作ることででき、さほど難しいことではない。

日本人は良いところがたくさんあるにもかかわらず、肝心の侵略については何ら対応策が尽くされてない。人口問題にしても、行政改革にしても、やることが遅い。何代目かの総理が道路公団や郵政を民営化したが、それは看板の付け替えに終わっている。村岡は、こんな国家体制ではやはり駄目だと考えざるを得なかった。

では、どうすればいいのか。法律問題の専門家がいる。しかし、本当に人間が勝手に決めた法律でいいのだろうか。また、確かに世の中には頭の良い奴はたくさんいる。しかしその人たちは本当に他者のことを考えているのだろうか。やがて八十億、九十億にもなろうとしている世界人口のことを考え、一個人の考えや力ではどうにもならないことを思うとき、村岡は新幹線の中で自分の存在に無力感を感じた。

隣を見ると、志津子は気疲れしたのか眠っている。一緒になってそろそろ二十年近くになる、早いものだ。高校生になっている和樹も眠っている。志津子にももっといろんなことをしてやらなければ、と思ってはいるが、ここのところ何もしてやっていない。日本の国のことを考えなければならない立場の人間はたくさんいるはずだ。何も自分だけが、とは思っていない。しかしそれぞれの立場からだけで物事を考えてしまう場合が多い。それは当然のことではあるが……。人間は、生きるということに一体何を見出しているのだろうか。簡単に言ってしまえば、生命を維持するためのみに生きていると言っても過言ではないのでは？

村岡がそう考えたとき、志津子がふと目を覚ました。

「あら、すっかり眠ってしまったわ。ごめんなさい、せっかくあなたと一緒なのに」

「いいんだよ、実家で疲れただろう？　──今、いろんなことを考えていたんだけど、人間なんて生きるために生活してるようなもんだと結論付けたところなんだ」

「まあ、そんな面倒なことを考えていたのですか」

「そんなに面倒に考えていたわけじゃないよ。俺やお前がどんな風に生きようと、もう先は見えているかも知れない。でも、未来に生きなければならない和樹たちには、精一杯生き抜いて欲しいということを考えると、今こうしてジッと座っていられない気持ちになるほど、たくさんやっておかなければならないことがあると思うんだ」

「それはわかります。でもそんなに究極的に考えると、良い案は浮かばないと思いますよ」

「いや、良い案とか悪い案とかという問題ではない。既に案の時期は終わっているさ。これからどうするかということなんだ。日本を守るということに於いて、国民全体のコンセンサスをどう取るかということにかかっている」

「それで映画を作ったりしたのですね」

「そうだ、今気がついた。あの映画に志津子も出せばよかった」

「えっ、私が映画にですか？　そんなこと……」

「志津子が出ることで、もっと違ったものになったかも知れない。俺の最大の理解者を出すことを忘れてたよ。失敗したな」

「私は確かにあなたの考えを理解しています。そしてあなたのためでしたら何でもできます。でも、映画に出るというのは……」

「違うんだ、君が出ることによって、周りの雰囲気が変わったかも知れない。つまり君が俺の妻であることが、戦争の悲惨さをより訴える力になって、映画を見る人々に訴える力が大きくなり、他のキャストにも大きく影響する。まあ、これは実際にやってみないとわからないことだけどな」

「そんなに言われると、私も出た方が良かったのかも知れないと思いますわ」

「そうだ、人生ってわからないぞ。今からでも遅くない、ロバート監督に頼んでみよう」

「あなた、本気ですか？」

「本気だ。こんなに近くに凄い女優がいることを忘れていた。俺が最も愛してる人間こそ、演技をつけたらいろんな意味で凄いことになる」

「それほど言うのでしたら、カメラテストを受けてみましょうか？　私はまだピンときませんけれど」

「世の中というのは、とんでもないことが起こるときもあるんだ」

「全くあなたという人は……。今までもそうでしたけど、訳がわからないくらい、とんでもないことを言い出すのね。でも、そこがまた良くて一緒になったのかも知れないけど」

帰宅したその日の夜、ベッドに入っても二人は眠れなかった。新幹線での話でお互いに興奮したのかも知れない。村岡は三十分ほど寝たふりをしていたが、とうとう我慢できなくて妻を呼んでみた。

「志津子、寝たのか？」

「ううん、列車の中であなたが変なことを言うから考えちゃった。そしたら眠れなくて」

「そうか、俺もいろんなことが頭から離れなくて」

「私が本当にカメラテストなんか受けるんですか、この年で」

「勿論本気だよ。お前だってまだまだイケるよ。明日ロバートに電話してみる、うちの嫁さんがアメリカへ行くから頼むって。結構あれで向こうの会社、儲かったみたいだから大丈夫だよ。そうだ、今からラブシーンの練習をしてみよう、おいで志津子」

「あら、演技じゃ嫌、真剣じゃなきゃ」

「真剣に決まってるさ、俺の気持ちはわかってるだろ」

　忙しくてしばらくかまってもらえなかった志津子にしてみれば、練習でも演技でも、夫と触れ合えること自体がうれしかった。待つまでもなく、村岡から優しくキスをされると、初めて唇を合わせた雨降りの日のことを思い出した。いつまでもこんな風にしていたい……志津子の気持ちは久しぶりに高まった。

　一方、村岡はふと京香との激しい一時を思い出してしまった。いけない、これはいけない、そう思いながら、志津子の柔らかな体を思いっきり愛した。珍しいくらいに志津子は乱れた。やっぱり志津子を本当に好きだ。志津子を不幸にしてはいけない。

夫婦であろうとなかろうと、男と女の間は信じ合うことが大切なのだと村岡は感じた。

　やがて、そんなことを考えられる余裕もなくなるくらい、二人はお互いを確かめ合うことに全神経と体の全てを集中した。志津子は夫を決して離さず、何度目かの志津子の到達で、ようやく村岡は解放された。

　こんなに激しい志津子を感じたのは初めてだった。今まで志津子をわざと放っておいたわけではないが、やはり寂しい思いをさせていたのだ、悪かった、と村岡は反省した。遅咲きで、若い頃は女性の気持ちというものを知らなかった村岡は、志津子によって次第にそれもわかるようになってきたのに、そのことを感謝したり、志津子の気持ちにきちんと反応したりはしていなかったと、自分を責めた。

　女は本当に満足し尽くすと死んだように眠る。無論男もそうだが、時としてあまりに女が激しいと、男は冷めてくるというより恐怖を感じるときすらある。女は力の入り方に限度がなくなるのだ。男は普通、加減する。でも女は自分で加減できないらしい。男の力と女の力は違う。しかし女の力も決して弱いものではない。その強さが本音と言えばそうなのだが、どちらにしろ、これまで志津子がここまでの喜びを見せたことがなかったことに対して、村岡は自分の今までを反省すると同時に、これからはもっと志津子を大切にしようと思ったのであった。

翌日、村岡はロバート・ヘンダーソン監督に電話を入れた。

「やあ、ロバート、その節はありがとう。実は昨日うちのワイフに、君にカメラテストをお願いすると約束してしまったんだ。夫の俺が言うのもなんだが、彼女は日本美人の部類に入ると思う。そして年齢よりずっと若く見える。彼女を一人でロスにまで飛ばすから、頼む。彼女の携帯電話の番号も伝えておこう。初めてのアメリカだからよろしく面倒を見てやって欲しい」

「OK。君の奥さんのこと、確かに引き受けた、待っている。カメラテストの結果も報告するよ」

ロバートは気軽に引き受けてくれた。日本美人ならば外国人にウケるという確信があったからだ。

「あなた、私、一人で外国行ったことがないのよ、心配だわ……」

「向こうへ着いて入国ゲートを出たあと彼に電話をすれば、待ち合わせ場所を指示してくれる。大丈夫だよ」

村岡が志津子をアメリカで女優にしようとしているのには理由があった。考えてみれば村岡の仕事にはいつも危険が付きまとっている。いつ何があっても不思議ではない。そして、今後は日本にいない方がある意味安全かも知れない。上手くいけば、志津子は女優としてアメリカで自立できる。村岡は昨夜、志津子を本当に女として大切に思った。もしも自分がいなくなったときに、自分に掛けられている生命保険よりも、自力で稼げる女になっていてくれれば安心だと思ったからだ。

高校生の和樹は、もうすでに自分の身の回りのことは全てできるようになっている。数日後、志津子は無事ロサンゼルスに着き、ロバートに会えたと知らせが入り、村岡は安心した。

日本漁船沈没事件

かねてより心配されていた、人民元とドルの問題で米中がまた激しく対立し始めた。アメリカの貿易赤字がどんどん増え、確かに元も二%切り上げたあと再び切り上げたが、それからは頑として切り上げに応じない。軍事力とアメリカの海軍力に不満なのだ。マラッカ海峡におけるアメリカの警察的行為も気に入らない。この両国に於いてはいくつかの問題点がある。

一、マラッカ海峡

二、貨幣の問題
三、エネルギーの問題
四、近隣諸国への経済の干渉
五、軍事の問題で中国の秘密主義
六、台湾海峡の問題

当然、アメリカは既に把握しているものも充分あるが、今ひとつはっきりしないところ、いわゆる確証のつかめないところはやはりある。インド、パキスタン、カシミールの問題も依然、解決がついていなかった。最近は、中国とインドの国境もごたつき始めている。アメリカもさすがにその問題には手がつけられない。

今にしてみれば、米ソ冷戦の方がまだよかったのかも知れない。なぜなら、お互いに大国意識があり、お互いに尊重感があり、ホットラインなども設置することで、礼儀とまではいかないにしても決め事があった。中国は体制が違うという理由だけで秘密主義に徹底している。村岡は、これ以上問題が起きれば、すぐには収まらないだろうと恐れを感じた。

その後、京香とはたまに会ったり話したりしていたが、村岡の厳しい話や態度に対し、京香は甘える隙を見つけられなかった。村岡は志津子を裏切るのはよくないと思いながら、京香に寂しい思いをさせるのも辛かった。二人で会うとき、京香はわざとフライトスーツでやってきた。村岡はその気持ちがよけいにいじらしく、心の中で志津子に両手を合わせて、京香を抱きしめてやりたかった。女はそんなとき、黙って我慢する。男にはわからない部分だが、我慢することは大丈夫なのだ。女は火さえつけなければ燃えない部分を持っている。京香からにじみ出るそんな雰囲気から、村岡は、俺が思うほどでもないのかな、とさえ思うのだった。

志津子から電話が入った。ロバートは熱心にカメラテストをしてくれている。とても気楽なムードを作ってくれている、とのことだった。きっと志津子も一生懸命なんだろうと村岡は思った。根が真面目な志津子のことだ。ロバートも、話にならなければ駄目だと言ってすぐに日本に帰すに決まっている。それに、村岡は自分の妻に自信があった。彼女が不思議な感覚を持っていることを結婚してからわかった。おとなしいくせに、物事を恐れないというか、本当は世の中の表も裏も知っているのではないかと思うくらい核心を突いたことを言うのだ。普通の妻なら言わないだろうということでも、自分で自信があれば遠慮なくずばりと言う。村岡もその手で何度か詰まってしまって、何も言えなかったことがある。優しいけれど、誰に対しても物怖じしない。

そういった本性のような気性は、夫婦になってみないとわからないものなのかも知れない。

村岡が、日本には原子力潜水艦や空母その他を必要だと思い始め、行動に移し始めてから、もう数年の月日が経っていた。予定していた軍備は大体揃い、あとは効率的な配置と訓練である。もういつ何かが起きても不思議ではない。時は二〇一三年の夏になっていた。

志津子はロバートのカメラテストに合格し、もういくつかの映画の小さな役をこなし、これから撮影される映画のキャストにも組み込まれている。ロバートは村岡に、
「志津子さんは凄い。君がわざわざアメリカまで送り出しただけのことはあるよ」
と言った。

村岡は和樹の将来のことも考えて、そろそろ志津子のところに行かせようと思い、息子に相談した。
「和樹、お前、今行っている大学を休学して、お母さんのいるアメリカに行かないか？　英語も本場で勉強できる。お父さんも将来は行くと思う。もし向こうが気に入ったら、そのままアメリカの大学に編入しても、入学し直してもいい」

「実は、僕も英語はもっと本格的にやりかたったんだ。うん、行くよ」

「そうか、それじゃあ手続きをするよ。これでお母さんも安心するだろう。それにお父さんもアメリカに行く機会が多くなると思う」

村岡は思った。とうとう日本を見捨てるときが来たのか、と。今の日本には、いたくないと思うときが村岡にはあった。日本の全部が悪いとは言わない。そりゃあアメリカだって全てが良い国だとは思わない。しかし、比較の問題だ。

日本にいくら軍備が揃っても、完全と言えるわけではない。ないよりはまし、というところだ。これまではその軍備さえなかったのだから、日本はずっと丸裸みたいなものだったわけである。


和樹の諸々の準備を済ませ、息子をアメリカに送り出すと、村岡もさすがに寂しかった。

やがて季節は秋を迎え、枯葉が舞い始めた。志津子と和樹はアメリカで一緒に暮らしている。村岡は、暑かった夏をちょっと懐かしく思った。夏の終わりに、なんとなく物寂しさを感じるのはどうしてだろう。冬から春に向かうときは、うれしさや喜びを表現できる。春から夏に向かうときは、夏の開放感に楽しい気持ちになる。秋から冬に向かうときは、気持ちも体も寒さに構えるようになる。人間の感情とは不思議なものだと村岡は思った。

そんなとき、京香に会いたいと思ったりもした。ところが、京香どころではない事件が突発的に起きた。台湾海峡近くでついに事故が起きたのだ。中国の原子力潜水艦が日本の漁船の底を削ってしまい、沈没させ、乗っていた漁民たちを助けずにそのまま潜航した。それを日本の原子力潜水艦が潜望鏡で見ていた。無論、日本の原潜はそれを助けるために浮上。その位置は、日本としては日本の海域と判断する場所であった。さらに中国のＪ－11戦闘機が、日本の原潜が漁民の救助をしている最中に、機関砲で攻撃した。中国の言い分は「我が国の海域に日本の原潜が浮上した。従って本来ならば魚雷攻撃すべきところだ。しかし機関砲に留めたのだ」というものであった。漁民や日本の水兵たちに重傷者が出たのは当然であった。

米軍はこれを情報として処理した。しかし日本の防衛省は、外務省を通じて中国側に猛烈な抗議を展開した。中国の大使は、「よくあることであって、領海の侵犯に対して当たり前のことをしたまでだ」とコメントした。

この事件が、にわかに憲法論争に飛び火した。日本国民も、冷たい態度の米軍、そして理不尽な中国の対応に憤りを感じ、これまで戦うつもりなどさらさらなかった日本が変わり始めたのであった。

第3章

憲法改正

特務、マラッカ海峡爆撃

一、日本国民は、正義と秩序を基調とする国際平和を誠実に希求し、国権の発動たる戦争と、武力による威嚇または武力の行使は、国際紛争を解決する手段としては、永久にこれを放棄する。
二、前項の目的を達するため、陸海空軍その他の戦力は、これを保持しない。国の交戦権は、これを認めない。

この条文のどこを直すべきか。

一の最後部分を、「時として行使する」に変更する。

二の「これを保持しない。国の交戦権は、これを認めない」を「これを保持する」と「交戦権は、場合により認める」に変更する。

そして新たに三として、「交戦に遭遇した場合、ネットワークによる指令に従う」を追加する。


既にイージス艦、E－2C早期警戒機、空母の艦載機F－35Jステルス、及び防衛省本部司令室、内閣特務調査室は全てリアルタイムで結ばれ、すぐに状況把握され、反撃態勢が取れるようにはなっていた。しかし、被害を受けたのが日本の民間漁船だったため、最初は穏便に済まそうとはされていた。と同時に、このときはまだ本当の意味で国民投票による憲法改正は終わっていなかった。

しかしこの事件を機会に、敵戦闘機による攻撃は反撃に値すると解釈され、世論も高まり、国会で緊急に国民投票の実施を決め、すぐに決行された結果、憲法九条は新たな三も含めて、衆参両院で三分の二の賛成を獲得し、国民投票は過半数の賛成を得て改正されたのである。そしてそれをもって、村岡をリーダーとする特務機関も正式のものとなった。国民の中には特務機関を憲兵と勘違いをする者もいたが、改めて違うということを説明した。

その後、日本からの抗議にもかかわらず、中国は正当防衛であるとの見解を崩さなかった。これは日中の火種として最後まで残ることとなる。村岡は事前に軍備をしておいて良かったと思った。

一方では、米中は人民元の問題でぎりぎりのところまで来ていた。最低五％以上は切り上げなければ課徴金をかけると、アメリカは頑とした態度に出た。数年前に於けるイランの問題がまだ尾を引いていた。日本は原油の問題がありイランと喧嘩はできない。村岡は、いずれ米中は軍事衝突すると考え、台湾海峡にそれなりに配置を完了しておいた。最近、ロシアも少々中国寄りの部分を見せている。

二〇一三年の暮れ、ついにアメリカ大統領は、不景気になるのを見越して中国に対して禁輸政策を実施した。すると中国は突然、台湾の台南に当たる高雄近辺から海兵隊を上陸させ始めた。日米はそれを察知していた。中国と台湾軍との激しい戦闘が始まった。当然、元のことと禁輸政策に対する報復であることに違いなく、米軍はこれを放っておくわけにはいかない。日米はどの程度の反撃をすべきか、検討に入った。勿論、本気で戦争するつもりはない。中国にしても本当にやれば受ける打撃が大きすぎる。それくらいわかってのことだろう。日本はアメリカに前面に出てもらい、後方支援という形で様子を見たいと申し出た。米軍としては、これは明らかに侵略と考え、最初から叩いておくべきだと考えていた。

台南の国際空港は高雄の海岸近くにある。恐らく中国軍はこれを狙ったに違いない。案の定、人民解放軍はまっしぐらに空港へ侵攻してきた。米軍は近くにいる原子力潜水艦で、上陸しようとする上陸用舟艇を片っ端から沈めていった。最初の攻撃が殲滅させられることを恐れた人民解放軍は、直ちに駆逐艦による艦砲射撃に切り替えようとした。しかしそれを読んでいた米軍は、すぐに他の原潜による魚雷を発射、駆逐艦も沈めてしまった。台南国際空港は傷付いたが、台湾軍の工兵部隊による素早い修理で事なきを得た。同時に日米両軍は空挺部隊を仁愛公園をポイントとして降下させ、台湾軍と同行して海岸線の守りにつかせた。同時に戦車も発進させ、重火器は使わなくてもいいように態勢を整えた。

このような事態となり、日米の企業は直ちに中国から撤退した。台湾を守るのはアメリカであることが今までの概念であったが、日米で今後どうするかが議論された。偵察衛星によると、人民解放軍は香港と上海の海岸線に集結しているようだが、やはり今後どう動くかについては少々戸惑っているらしい。本格的に戦争を起こすのか……。少なくとも今回は脅しのつもりだと思われた。

村岡は一計を案じた。米軍に迷惑をかけず、誰にも気づかれない方法で中国をかく乱できる方法が一つある。京香を使うことだ。ちょっと危険ではあるが、このとき京香はすでに一等空佐になっていた。ちなみに、国内ではもうこの「位」の呼び方を直そうという意見が出てきている。そうしないと米軍との連絡のときに困るからだ。

「斎藤一等空佐を呼んでくれ」

村岡が秘書官に告げると、しばらくすると執務室に京香がやってきた。

「特務斎藤一等空佐、お呼びで参りました」

相変わらずきびきびした態度で久しぶりに顔を見せ、後ろ手でドアを閉めた。敬礼をしながらニコッと笑ってウィンクをする。

「久しぶりだな。なんだ、今日もフライトスーツを着てきたのか。たまにはワンピースでも着た方がいいんじゃないか」

「最近はそんな状況ではないのでしょうがないのです」

「それもそうだが、こんなときこそ心にゆとりを持たないといけないよ」

「わかってはいますが、なんとなくそんな気分になれなくて」

「それはわかる。——ところで今日は、極秘の作戦を頼もうと思って呼んだんだ。ここでは言えない、今晩九時、内閣特務調査室に来てくれ」

「わかりました、必ず行きます」

「できたら、君だとわからないようにしてくること」

「平服に着替え、帽子をかぶっていくようにします」

「では、待っている。私も平服で行く。それと、車を使うのであれば自家用車で来るように。私も公用車は使わない。日本の中でも、充分気をつけないと危険だからな」

「そんなに危険な行動になるのですか」

「それは会ってからの話だ。もう時間がない。では、そのときに」


誰もいない自宅に戻って着替え、村岡はコルトをホルスターに収めて上着を着た。京香に言うのを忘れていたので、拳銃を用意してこいと携帯電話に連絡したあと、内閣特務調査室の守衛に電話をし、女が行くから部屋に通すようにと告げた。

午後八時半頃に家を出る。時間は充分ある。

「やあ、来たね。待ってたよ」

「何があるんですか、拳銃なんて。ここは国内なのに」

「うん、相談なんだが、実を言うと今、中国も米軍もどう出るか、非常に迷っている。そこで、このときが我が国のチャンスと思わなければならない。どう考えても、これからはエネルギー問題が山となるだろう。我が国は今、勿論地下資源がない。一番近い場所が東シナ海だ。中国は今、その東シナ海での採掘に懸命になっている。太平洋側には日本海溝があって採掘ができない。やはり中国沿岸だ。ウラジオストクのパイプラインと東シナ海に限定して確保すべく、手を打たなければならない。この二つは我が国に近い。いずれロシアと共同で、オホーツク、サハリンを採掘すれば、何か出るだろう。そして、米中が戦っている間、どちらの味方もできない。またしてはいけない。両方とも日本が喧嘩できる相手ではない。それと、この作戦にはもう一つ目的がある。米中両国が、これによって戦いをやめるかも知れないということだ。その作戦とは、大博打を打つつもりで、マラッカ海峡を爆撃することだ。本当は日本にもあまり得にはならない作戦ではあるが……。やるのは、俺かお前だ」

「本当に大丈夫なんですか？」

「大丈夫かどうかは、やってみなければわからない。ただ言えることは、日本としてはアメリカの方についている形をとりながら、自国を守り抜くということだ。私は軍国主義者でも、ファシストでもない。平和を愛する日本国民だ。それと、最もナショナリストだと思っている。まだ日本人は、本当の意味で奴隷になったことがない。日本人は本当の奴隷の厳しさを経験していないからこそ、甘いところがあると思う」

「確かに日本人は歴史上、他国の奴隷になったことはありません。私にとっても奴隷という言葉には現実感がありません。単に物語の上、史実という部分のみでしか理解できません。よく小説なんかで、『あなたの奴隷になりたいわ』なんていうセリフが出てくるのは、とんでもないことなんですね」

「京香は面白いこと言うな。冗談ついでに、この作戦が成功して、俺の考えていることが上手くいったら、俺もお前も互いの奴隷になるか？」

「いいわ、私は雅紀の奴隷になる」

「それは作戦が終わってからだ。――攻撃の方法だが、深夜、ステルス戦闘機で高高度を飛んで急降下して海峡を叩く。思いっきり破壊するんだ。そこで、一機で行くか二機、つまり二人で行くかだが、マラッカ海峡は細長く延びている。クアラルンプールとシンガポールの間が狭い。やはり二人で両側を、Ｆ－35Ｊを国籍不明にして叩くのがいいかと思うんだが」

「両岸を平行に飛んで、破壊力も二機の方が全然違うと思うわ」

「よし、二人で飛ぼう。決行は早い方がいい。目標までの距離は五千キロ以上あるが、Ｆ－35Ｊの航続距離を考えると、給油なしでの往復は無理だな。目標から暗号を送ったら空中給油機に飛んでもらうように手配をしておく」

「雅紀も一緒なら心強いわ」

「季節は冬で視界が良くないので計器飛行になる。二機だから接触しないように攻撃しないとならない」

「ほんとに充分気をつけないと、接触したらアウトだものね」

「よし、三日後、今日と同じく2100に厚木で搭乗完了後、すぐ飛び立とう。それまでに機体の日の丸を消しておくように。以上」

「了解しました。変更があるときはV13暗号でメールください」

「了解した。恐らく変更はないと思う」

この作戦で日本の原油は大変なことになると村岡は思っていた。しかし日本近海で米中が戦争となると、迷惑するのは我が国だ。大国の勝手でやられるのはたまったものではない。

（今回の作戦は、必ずどこかの国のスクランブルを受けるに違いない。京香か俺か、それとも両方が落とされるかも知れない。それは仕方のないことだが……しかし、俺には戦闘経験がない。テキストで読み、研修のときに少しシミュレーションでやっただけだ。そんなもの、実戦で戦っている人間にとっては話にもならないレベルだ。京香の方がずっと戦闘能力があるだろう。だが、とにかく素人であれ何であれ、目的を果たさねばならない……！）

当日、作戦は実行に移された。

「特務斎藤一等空佐、これよりM作戦に出撃します」

「直ちに作戦進路に合わせ、高度一万五千メートルまで急上昇する。一番機は斎藤空佐とする」

村岡にとっては格好が悪いが、何しろ京香の方が専門のパイロットなのだから仕方がない。

管制塔の指示を受け、急上昇に転じた。やはり京香は慣れたものだ、きちんと針路を取り、マッハ２になるまでにさほどかからなかった。

村岡は京香の斜め後ろで編隊を組み、二機はマレーシア方面に向かった。最高速度をマッハ２・５に保ちながら、やがてベトナム沖まで来ると、フィリピンの米軍基地にスクランブルがかかったのだろう、二機と同機種のＦ－35の姿が見えた。やはりステルスと言えど、何かしらには影響が出る。村岡らは国籍を消しているだけに、翼を振って合図するしかない。幸い同機種なので、敵対国ではないことくらいはわかるだろう。

村岡はわざと京香に、「友軍機だ、緊急の要件でシンガポールまで行く」と通信させた。女性の声である上に、京香がわざと甘い声で言ったものだから、米軍は翼を振って去っていった。それでも村岡はジットリと汗をかいていた。

「あれでよかったでしょ？」

京香が明るい声で言ってきた。全く彼女にはかなわない。やはり乗り慣れ、場慣れしているだけのことはある。

やがて、目的地が近くなった。

「目標確認、急降下開始します」

「ラジャー」

両機はもの凄い勢いで降下を始めた。村岡はしばらくこんな凄まじいGを体験していなかったので、気が遠くなりそうだった。しかし失神でもしたら大変だ。

急降下のあと、今度は地面を舐めるような低空で二機が平行に飛びながら、人命に影響のないように破壊攻撃を開始した。人家と船舶のないところをめがけ、サイドワインダーを発射する。京香は破壊箇所の写真も撮っていた。ミスがなかったかあとでチェックするためである。全てを終えると、長居は無用とばかり急上昇して目的は完了した。

あとでわかったことだが、近隣の国からは随分と迎撃機が飛び立ったが、両機のあまりのスピードに追いつけなかったらしい。

途中、台湾付近で空中給油機とも上手く接触できた。給油機は高高度では飛べない上に、給油場所が米中の交戦範囲であったので村岡は心配した。自分たちのせいで台湾付近が攻撃でもされたら申し訳がないと思っていた。

厚木に着陸したのは、ちょうど朝日が昇る頃だった。二人とも無事帰還できたことに、京香の方が喜んだ。

その日の夕刊やテレビニュースでは、「国籍不明機、マラッカ海峡爆撃。大損害、原油の供給は今後どうなるか？」と大々的に報道された。

それよりも、二人は疲れ切っていた。リザーブしておいた横浜のホテルに滑り込み、シャワーを浴びてベッドにもぐり込んだ。死んだように眠って、目を覚ましたのは翌日の夕方だった。どちらからともなく目を合わせ、成功した喜びで軽いキスをした。

「何か食べましょうか」

「そうだな。これからの反響も気になるが」

考えてみたら、フライトスーツのままここに来てしまったことに気がついた。

「また厚木まで戻らないといけないわね」

「しばらくは戻りたくないけど、全部置いたままだ」

二人で戻ったら目立つことは間違いない。

「悪いが京香、食事したら取ってきてくれるかい？」

「面倒だけど、そうするしかないか」

「着陸したときにはもう気が抜けてて、着替えのことなんてすっかり頭になかったよ」

「まったく、国籍不明はもうやらない！」

二人で笑い合った。

ルームサービスで食事をしたあと、京香は厚木に戻り、村岡はそのまま部屋で軽く飲みながら待っていた。疲れがまだ取れていない。俺も年かな……と思いながら、志津子と和樹のことを考えた。二人はどうしているだろう？　アメリカに行ってからあまり連絡を取っていない。志津子のことだから、和樹の面倒もちゃんと見ているだろう。近いうちにアメリカにも行ってこなくては、と思った。

京香のことも考えてやらなきゃいけない。考えてみれば京香も変わった女だ。やんちゃかと思うと妙に女っぽいし、でももう結構な年になっているはずだ。結婚をしていないのは俺のせいではないだろうと思いたいが、あの見合いのあと、そういう機会はなかったのだろうか。大体、戦闘機に乗ってるということ自体が変わっている。だがそのお陰で俺も助かっているのだが……。志津子と一緒になっていなければ、京香と結婚していたのかというと、それは村岡にもわからない。そんなことを考えているうちに京香が戻ってきた。

「道が混んでて車が全く進まないんだもの」

「悪いな、疲れてるのに。悪いけど先に飲んでしまった」

「いいわよ、待ってるのって手持ちぶさたよね。私にもちょうだい」

二人で飲んでるうちに、いくらか体が回復してきたようだ。かといって話が弾むというわけでもなかった。村岡はずっと飲み続けているので結構酔いが回ってきた。疲れているということもある。でも体ではなく精神的にだ。世間ではいろいろな報道がされているだろう。しかし、今のところ新聞やテレビを見る気がしない。

「レストランに行って、軽く食べるか」

「そうね、私は少し飲み足りないから、そのあとまた部屋で飲むわ」

「うん、そうしたらいい」

二人はホテル内のレストランに行き、食事を済ませるとまた部屋に戻った。村岡はソファーに転がり、京香はウィスキーをロックで飲んでいる。

「君が飲んでると美味しそうに見える。俺も飲むかな」

「作ってあげる」

「少し多めにくれ、何度も作るの面倒だろうから」

「そんなこともないけど。じゃあ多めね」

　志津子といるときは、こんな会話はない。志津子はこんな飲み方はしない。女が違うとやはり生活も変わるのかな、と村岡はぼんやり考えていた。

「君、これからどうするの？」

　さっき考えてたことも思い出し、京香に聞いてみた。

「これからどうするのって、急に言われたって……。誰かと結婚でもさせたいの？」

「そんなわけじゃないけど、俺とこんな風にしてていいのかな、と思ったんだ」

「任務が終わったばかりなのに、そんな難しいこと聞かないで。今はわからない」

「悪い悪い、二人でいたら、なんとなく君と結婚した方がのんびりできたのかなと思っただけさ」

「志津子さんのことはあまり知らないけど、私みたいにおてんばじゃないんでしょ」

「俺にもわからない、おとなしいけど芯は強いよ」

「私はおてんばの上に気が強いってこと？」

「そういうことじゃなくて……、やっぱり全然違うんだ」

「私の前で志津子さんのことは言わないで」

「そりゃそうだ、悪いことした」

「ねえ、私ももう効いてきた」

京香はソファーのところに来ると、村岡の持っているグラスを取り上げるようにしてテーブルの上に置いた。

「飲みすぎ」

「そうかい？」

京香が唇を近づけてきて、自然にキスした。

「さっきの答えはね、ずっとこうしていること」

「悪いのか良いのか、俺にはわからない」

「良いとか悪いとかじゃないの。私の生き方は、こんな生き方。わかってるくせに」

「わかっていても、これでいいのかって考えてしまうよ」

「私は、あなたが傍にいればいいの」

酔いも手伝い、京香の筋肉質でスリムな体にはもう火がついていた。そのくせ、多くの男を知っているわけではない。そんな京香を村岡はよけいに不憫に思う。でも京香自身、まだ本当の女の喜びを知らないと思う。やっとこの前、志津子がわかったばかりだ。何度かの男と女の営みがそれを教えてくれるものらしい。少なくとも、男が女に精一杯の愛を打ち込まなければ、そうはならない。しかし京香とはそんなに回数を重ねることはできない。

村岡は、はっきり言ってまだ二人の女しか知らない、世の中にはたくさんの女性を知っている男は一杯いる。多くの女性と関係があった方が良いのかというと、数にこだわらない人間も一杯いる。どちらが良いかは誰にもわからないだろう、と村岡は思う。それは人それぞれの生き方であり、愛の形だからだ。

京香は村岡を積極的に責め始めた。村岡もそれに応えるように、精神的には疲れているので、だから愛の力と体力で受けて立つ。もう二人には理論は必要なかった。こうして愛し合える回数は少なくても、村岡は京香に対する気持ちの全てを体で伝えることで、そして丁寧な愛撫で、少しでも彼女が女としての喜びを感じてくれればと思った。村岡にとって京香は、女房とか恋人とか、そんな定義などどうでもいい存在だった。今ここに二人の世界があればよかった。

京香との長い愛の時間は、やがて京香にそれに近いと思われる形で現れた。

いつの間にか眠ってしまい、どちらからともなく目を覚ますと、消し忘れていたサイドテーブルのランプをまぶしく感じた。

二人は残り火を始末するように抱き合い、再び愛を確かめ合った。誰がこの行為を見つけ出したのかはわからないが、少なくとも今それが結ばれているのは、互いが探り当てた結果であることは確かだ。

「一日半も二人でいたんだわ、うれしい」

「そうだね、僕はもうそんな計算もできないくらいだ」

「あなたは私が傍にいることで時間を忘れる。私はあなたが傍にいることで時間を感じる。どちらがいいのか私にはわからないけど」

「しかし、また時間を考えなければならなくなりそうだね」

「時間なんてなければいいのに」

「確かに、そうであればずっと二人の世界だ」

「でもそんなこと夢よね」

「夢はいつか覚める。でも、そのうち覚めない夢になる」

「それは、死ってこと？」

「極論だけどね」

その日もマスコミは大変な報道ぶりだった。二人でブランチをとっているレストランの客たちも、その話題で持ちきりだった。近来にない出来事だ、大騒ぎになって当たり前である。

「本当に凄い騒ぎね」

「凄いな、最近こんなことはなかったからな。食事を終えたら早々に部屋に戻ろう、ちょっと話がある」

部屋に戻ると、村岡が切り出した。

「事前にも言ったが、今回の計画の目的は二つある。一つは、米中が戦争をやめるかも知れないということ。もう一つは、日本が大変なことになる、つまりエネルギー根本の問題で大きく欠乏をきたす。我々が破壊した部分はいずれ修復されるだろう。しかし相当な時間がかかると思う。その時間がどれほど苦しいか、日本の国民は思い知るだろう。今回の計画は、戦争をせずに国民の気持ちを変えるためでもある。確かに映画を作ったことで国民の気持ちは変わった。しかし根本的には変わっていない。物がないとこうなるのだ、という現実を、実際にそうなってみれば痛感するんだ。確かに乱暴な方法ではあるがね」

「わかりました。私たちがやったことは犯罪的行為だと思われてもしょうがないところ。でも、あなたと二人で犯罪人になるとしても後悔はありません」

「そうならないように仕組んだつもりではあるが、そうなったときのこともそれなりに考えてある。しかしそれが成功するかどうかはわからない。こんな風にしなければ目覚めない日本は悲しいが、誰かがやらなければならなかったのだと思う。少子化やその他の問題も、これが解決につながればいいと思う。しかし、今後の世論がどう動くかはわからない。そこは君も理解できると思う」

「この件は、あなたがただならぬ覚悟をして実行したことで、理念についてはどうせあとで説明があると思っていました。でも私は、それが成功か不成功かは問いません。あなたが覚悟を決めて実行したことは、いつか評価されると信じてます」

「俺は自分がこんな人生を歩むとは思ってなかったよ。勿論、人生は様々であることくらいはわかっている。それは君も同じことだ。だけど、いくらか俺は責任を感じている。こんなことなら普通の官僚でいた方が、と言いたいが……、君とこうなれたことの方が、本当の人生っぽいかな」

「私が一人で生きてゆくということは、運命付けられていたのかも知れない。でも雅紀さんという存在が、私の人生の何かを変えたのかも知れないし、それによって何が起ころうとも怖くなったということ、人間の一生って不思議ですね」

「そうだ、やっと二人でこんな話ができたね。――近いうちに俺はアメリカに行ってくる。だからしばらくは日本にはいない。何かあったら携帯に電話をくれ」

二人は長い時間話し合えたことに満足した。

夕方、別れのとき、京香は村岡に相変わらずのウィンクをした。

単独交渉

マラッカ海峡破壊の影響は、想像以上のものであった。全てとは言わないまでも、世界に影響が及んだ。これをもっと早い時期に他国にやられていたとしたら……。勿論、内密に行ったので他国にされたのと同じではあるが、日本のエネルギー事情は最悪になった。車のガソリン規制が行われ、インフラはがたがたになった。

そして米中は、互いにどちらがやったのかと詮索し続けた。しかし両方ともやっていないのだから結論が出るわけがない。しかしそれにより、本当の意味での戦いは一時期止まったのである。

それは村岡の思惑どおりだったが、国内の事情の方は効きすぎた。電気は時間制限に近くなり、食料は価格が高騰した。勿論、これらを日本国民に経験してもらう目的ではあったが、酷すぎるのには村岡自身も参った。あの金融問題でハードランディングしたときより酷かった。ハイパーインフレを起こしたのと同じ効果があった。しかし国民は誰も不平を言わず、現状を受け入れるしかなかった。

これを突然、他国にやられたらと考えると、村岡はやった甲斐があったと思ったが、逃げるわけではないが志津子のところに飛ぶことにした。今回は軍用機というわけにはいかないので、おとなしく民間機で高い運賃を払った。和樹はアメリカがすっかり気に入って、ロサンゼルスの大学に編入したという。何の相談にも乗ってやれなかった悪い父親だ、と思いながら村岡は機上の人となった。

先に知らせておいたので、志津子とロバートが空港まで迎えに来ていた。

志津子は外国にいるせいか、飛び付くように夫に抱きついた。村岡は久しぶりに志津子の体と匂いを感じた。

「あなた！」

「志津子、寂しかったろう、ごめん」

それだけ言うのが精一杯だった。志津子をアメリカに送り出してからというもの、本当に彼女をほったらかしにしてしまった。国のためとはいえ、志津子の気持ちを思うと村岡は涙が出そうになったが、志津子はとっくにぽろぽろと泣いていた。京香と会っているときとは、気持ちがはっきり違う。芯は強くても、志津子はやはりか弱い女房なのだ。男の勝手と思われるだろうが、日本の国を真剣に考え続けていたらこうなってしまったのだった。

やがて村岡はそっと志津子の体を離し、ロバートに向かい合った。

「ロバート、ありがとう。本当に世話になりっぱなしで申し訳なかった。急いで来たので何の土産もない。言葉だけですまない」

「いや、こっちこそ君の奥さんに助けられてるよ。君の奥さんは典型的な東洋女性だ。幸い英語もこなしてくれるし、韓国語もこちらで勉強して、キャストが足りないときは全部こなしてくれた。最近は東洋的な映画が増えている。だからどうしても東洋人が必要なんだ。助かってお礼を言うのはこちらだよ」

「そうか、妻がお手伝いできたとしたら良かった。息子もきっと世話になったと思う」

その日、ロバートは自宅で奥さんと子供二人と共に村岡を大歓迎してくれた。志津子をアメリカに行かせて良かった、女の強さはこんなときに表れるんだな、と村岡は思った。志津子もすっかりロバート一家となじんでいた。

「ところで、日本は今、大変なんだろう?」

「そうなんだよ、どこの誰がやったか知らないがね。でも、アメリカも中国も戦争どころでなくなったようだ」

「それにしても、とんでもないことをやってくれたよ。我が国にとっては、それほど影響はないが、原油の価格に影響がある」

「確かに。でもアメリカはいいよ、日本なんて滅茶苦茶だよ」

「アメリカはもっと日本を助けるべきかも知れないな」

「いや、いいんだよ。日本の本当の姿が国民にわかっただけでもいいと思うよ」

「君は祖国を大事だと思わないのか？」

「そりゃあ大事だよ。でも実力以上の感覚を持っている方がもっと悲劇だと思わないかい？」

「日本の国の実力は、別のところにあると思う」

「そうか、そういう点ではアメリカは楽天的なところがあるのかも知れないな」

「それがアメリカ人のいいところなんだ」

「東洋と欧米の違いはハッキリしている。中国も貨幣については凄くシビアだし、日本人にもそういうところはある。しかし、言葉は悪いが、欧米の刹那的とさえ思える、瞬間を大切にする感覚、それは東洋人にはまねのできないところなんだよ」

「確かに、何を大切にするかの感覚の違いはどうしようもない。それが国民性というものなのかも知れない。良いとか悪いという問題とは違うだろうけどね」

「せっかく遠い日本からいらしたのに、そんな難しい話をしなくても。もっとリラックスなさって」

ロバートの妻が笑いながらそう言った。

「そうよ、あなたは時々、理屈っぽくなるんだから」

「日本が大変だというところから、いろんな話が出てしまったな」

村岡が到着してから三日ばかり経ったとき、志津子には言っておいた方がいいだろうと判断し、村岡は妻に打ち明けた。

「志津子、これはお前にしか言えないことだけど……、実を言うと、マラッカ海峡をやったのは、俺なんだ」

「えっ……、どうしてそんなことを」

「うん、いろいろ考えたんだけど、米中が戦争をしたら、どこが被害を受けると思う？　日本とその近隣の国だ。しかしマラッカ爆撃によって、米中の対立もしばらくは収まる。その間に話し合いもできると思う。日本だって、マラッカ爆撃によって多大な被害をこうむっている。でも戦争で死者が出たり、街が破壊されたりするよりはいいだろう？　実際、米中はどちらの国がやったのかと、押し付け合いの話になっている。でも話し合いでは怪我はしない。ただし、そろそろ次の手を打たないと、今度本当に戦争をおっぱじめられたら止められない。今、両国で問題になっているのは、貿易問題による貨幣の件、原油の件、経済のエリアと干渉のぶつかり合い、中国の秘密主義――共産党はこれが主義だから仕方ないが。それと、台湾問題だ。アメリカはそのいずれも中国に譲れるものではない。なぜなら、追っかけているのは中国だからだ。つまり、覇権主義と帝国主義のぶつかり合いだ。無論それが全てとは思わないけど。……さて、これで俺がやった意味がわかってもらえたと思う。そこで、君なら次にどう手を打つ？」

「いきなりそんな大事なことを聞かれても、困るわ」

「でも、せっかく今こうなっている間に、早く帰って手を打ちたいんだ。それに、今度何かをやるとしたら、命の危険が必ずあると思う。俺も命は惜しい、それよりも君とまだ一緒にいたいからな」

「あなたって人は、最初から相談してくれれば、もっと危険の少ない方法を取れたかも知れなかったのに」

「それは君の言うとおりだ。でも、物事にはタイミングってものがある。それに、先走る俺の悪い癖だ」

「やってしまったことを今さら言ってもしょうがないわね。これからどうしたらいいのか、整理して考えていくしかないわね」

「うん、まず、戦争しても互いに核を使うか使わないかという違いは大きい。それに、核の使用を止められるのはどこの国かということも考えなければならなくなった。これは個人の力ではどうしようもない」

「そうですね、そこまで来ると、その国その国の歴史がものを言うわね」

「そうか、歴史か……。中国やアメリカが話を聞き入れる国って、難しいなあ。無論、そんなに簡単に解決するなら、戦争自体が起きないわけだけど」

「あなたが一人で頼んで歩く？」

「日本の外交自体、俺はあてにしてないし、俺一人じゃ相撲は取れない。でも、もし日本の外交がやれるとしたら、イギリス、インド、ロシア、ユーロ全体かな。日本の外相がこれらの国の外相や大統領に会ってもらえるかが問題だが。しかもそんなにのんびりもしていられない」

「もういっそのこと、あなたがやってみたら？　やって駄目ならそのときよ」

「志津子にしては、思い切りがいいことを言うね」

「そりゃあそうよ、あなたの妻ですもの」

「ありがとう。……そうだな、やってみるか。志津子、悪いけど一緒に日本に帰ってくれないかな、そして二人で方々を回ろう」

「えっ、私も？」

「俺の妻だろう？　今言ったじゃないか」

「確かに言いましたけど」

「さっきの言葉を返そう。駄目ならそのときはそのときだよ」

「はい、わかりました」

「和樹をこっちに残していくことになるが……」

「あの子ももうすっかりこちらに馴染んでますから、大丈夫。ロバートさんに頼んでおくわ」

翌日、二人は日本に帰った。それも大変な覚悟で。京香には電話連絡だけで済ませることにした。マラッカの件の絡みで、これ以上の直接の接触はしない方が互いに良いと判断したからだ。

「京香、例の件の後始末についてだが、今度は妻の方が向いてるような気がする。上手くいくかはわからないが、やってみる。成果は五分五分だと思う」

「そうね、交渉するのは私は駄目、あなたよくわかってるわ。成功したら凄いわね、グッドラックってとこね。でも、しばらくは会えないのね」

「そっちにも身の危険があったら、映画で世話になったロバートのところに飛べ。事情は全て話してはいないが、それなりに面倒は見てくれると思う」

「わかった、気をつけてね。それじゃあ」


村岡は、まずどこからどういう風に始めるかを考えなければならなかった。アメリカに対してのチャンネルはいくらでもある。しかし中国に対してとなると、村岡も志津子も頭を抱えた。あの007の映画でさえ中国を舞台にはできないという。

「中国という国は、人民解放軍と政府と、どちらが優先するのかわからないということだ」

中国は、国家でありながら国家でない。どこまでが本当の本音なのかがわからない。しかし、今から中国のことを勉強していては話にならない。

突然、志津子が、こうすればどうかしら、と言い出した。

「前にあなたが十人くらいで杭州や香港、上海を調べようとして、途中でやめたでしょう？」

「ああ、東シナ海に原潜やいろんな国の船がいてスパイどころじゃなかったのと、日本がまだ原潜を持っていない時期だったから、これは話にならないと思ったからだけど、それがどうかしたか？」

「今こそ、その十人の意味が出るわよ。みんな中国語を話せる人を選んだんでしょう？」

「勿論そうだけど」

「いろいろ調べると、確かに中国は最近、情報面が確実にはなっているようだけれど、本当に確実かどうか、一般国民にはまだわからないときがあるようだわ。そこで噂を振りまくのよ、それも湖北省とか山西省など奥地の方から。それと並行して南京や杭州など都会にも。もし中国がどこかの国に核を使ったら、アメリカやユーロ諸国、インドも加えて最低六ヶ国は中国に核を打ち込む、という噂を流せばいいわ」

「ちょっと手ぬるいけど、やってみるか。それと、今言った国とはコンタクトを取ろう。じゃあ、まずはイギリスから始めるか」

欧米諸国への訪問は外務省を通すようなことでもなく、勿論、外務省を通せば外交特権も使え、外交として行けるが、妻を連れているので無理に使用しなくてもいい。志津子は、和服の方がいいかも、と言って準備していた。

イギリスは、村岡の申し入れを快く受け入れ、米中に何かあったら中国に宣言してやろうと言ってくれた。

次はロシアであったが、中ソも前からそれほど良い関係にあったわけではない。かえって今は日本との交流が必要でもあるし、日本も北方四島返還の問題でより親密になっておいた方が良い。ここで志津子の着物姿が大いに効いた。あとの国も同様、志津子の着物姿で話がスムーズに進んだ。

村岡は帰国すると、以前の特殊任務のときのメンバーを集め、宣伝活動が自由にできるよう、しかも当局に捕まらないように、さらに人数を増やして中国各地に散らした。その効果はあったようで、人民元の切り上げは間もなく行われた。しかし中国が相変わらず強気であることには変わりはなかった。今後も一つひとつ問題を片付けていかなければならない。

村岡との同行を終えた志津子はアメリカに戻った。向こうには和樹がいるからしょうがないとは思いつつ、村岡はさすがに寂しかった。新婚旅行のやり直しのように二人で世界各国を回り、久しぶりに夫婦らしい生活をしたので、一緒にいるのが当たり前のように感じ始めていたのだが、これも運命かと思った。

それにしても、全てが完全に上手くいっているわけではなく、問題は常にある。いつまた国際紛争が起こるかわからない。

今度は国内が酷いことになっていた。防衛省では、フィリピンにマラッカ海峡の修復を手伝う協力を申し出る始末であった。また、エネルギー問題を片付けると、次は国民が暴動寸前であった。年金問題、食料問題、不景気で物価の高騰、日本には良いところが何もない。ついに戒厳令に近いものを出す始末。総理は国会議員の削減を発表し、議員を半分にすることを宣言。予算は緊縮で、国債長期金利は上がり、プライムレートは上がるが、貯金がある人はわずか。一方、銀行経営は悪くはない。貸し出しがないから不良債権がないのだ。前の経験があるから、銀行も二度と同じことはしない。

とにかく悪性インフレを直さなければ話にならない。円の価値を上げ、輸入を減らし、国内生産を上げなければならない。外国に嫁ぎに行く日本人が増え、人口の空洞化が起こる。ただでさえ少子化なのに。日本はもう、どこから手を打てばいいのか分からない状態であった。

村岡は京香と、今後どうしたら日本が元に戻るかを相談しなければと思い、久しぶりに彼女に電話をした。

「最近、なぜ日本はこんなに悪くなったのかしら……。私たちのやったことが間違っていたとも思えないんだけど」

「産業の育成のやり直しをしなければ。まず食料の確保だ。今までは輸入率が七九％もあった。防衛省を動員して食料作りから始めよう。戦後の日本よりはましだ。幸い国民は前のようにノンビリではなくなり、ナショナリズムも残っている。できるだけ輸入をしないで、国内生産だけでやるようにしよう。そうすれば自給率が上がり始める」

「そうね、そうなれば私ももう飛行機には乗らなくてもよくなるわ。結局、軍備がなければ中国の奴隷になる。軍備をすれば景気が悪くなる。でも中国の奴隷になるよりは、自分たちの国で自給率を上げていけば、また景気も良くなるわね」

「自主防衛の難しさは、日本に資源がないことにあると思う。しかし国土が残ることは何よりも大切だ」

「二人とも、なんだか話すことが変わったわね。色気のけの字もないけど、それもいいか」

「国が元に戻れば、色気の話も出てくるよ」

「結局、もっと早く憲法改正して、専守防衛の対策を立てていれば、もっとグローバルに動けたのにね」

「いいんだよ。これからの日本は技術もある、ただ足りないのは労働人口だけだ。それでも今がちょうどいいバランスなのかも知れないな」


電話を切り、部屋の窓から空を見上げると、飛行機雲が斜めに白く見えた。村岡は京香と久しぶりにじっくりと話をすることができ、ぼんやりと空を眺めるのだった。

考えてみれば、京香とあんな冒険をしたお陰で、米中戦争は回避できた。京香をもっと幸せ感一杯にしてやりたいと思う。無論、志津子のところにも行こう。村岡は京香との関係に、不倫などといったやましさを感じないのが不思議であった。京香も志津子も、村岡にとって掛け替えのない貴重な存在だ。でも京香が自身が望んだことでもある。京香は意地っ張りなくせに可愛いところがある。そんな京香をやっぱり放したくないと思う。でも、もし京香に彼氏ができたら、本当に愛があるのなら、そして良い相手だったら、幸福になれよ、と言って送ってやろうと村岡は思った。

男と女とは、何をもってつながっているのだろうか。男よりも女の方が、いろいろな面で割り切り方が上手いのではないだろうか、とも村岡は考えていた。

第４章

最後の特務

米中戦争

日本としては大変な時期が続いた。しかし、あの第二次世界大戦後を乗り越えた国民である。大戦では、アメリカ、ロシアをはじめ中国も含めて負けてしまったが、大国を相手に戦ったことは、今改めて地図を見ると、村岡はその国土の広さにわたることに驚きを感じた。確かに、あとから参戦したロシアとは戦ったわけではないが、過去には戦っている。時代の相違は大きいにしても、日本は本当は戦いが好きなのだろうか。それは違うと村岡は思うが、しかしこんな小さな島国で、比較的おおらかな国民性のはずなのに、明治時代から見ると結構戦争の回数がある。四方を海に囲まれてはいるが、ある意味、日本人は東洋的な混血人種なのかもしれない。

あれから二年の月日が流れ、村岡はこれからどうあるべきかを考える年になってきた。和樹も、もう就職を考えなければいけない年齢になった。志津子は、和樹は思い切ってアメリカに帰化して国籍を変える方が、いろいろな意味で有利だと言っている。世界はどこの国も今難しいところではあるが、和樹にとって今から日本に帰ることは非常に不利であると考えているのだろう。村岡は、一度和樹と会って相談しなければならないと思った。村岡がアメリカに飛んだのは、あのマラッカのあとのことである。和樹の国籍のことだけでなく、今後は結婚の話も出るかもしれない。自分のわがままのようだが、一人っ子にしてしまった。別に少子化を望んだわけではないが、今となってはもうしようがない。

今、村岡がやらなければならないこととしては、まずは和樹の件。そして、志津子と将来どこで住むか。仕事としては、世界をどう見るかと、これからの軍備の変化、資本主義のこれからと中国のこと。最後にもう一つ、京香のことである。

「京香、またアメリカに行ってくるよ。息子ももう就職する年になった。こんなときぐらいは相談に乗ってやらないとまずいかなと思って」

「そうよ、私みたいに勝手なことばかりしてるのも、いけないわよね」

「君はそれでいいんだよ」

「あなたにとってはね」

「言ったな、お前が望んだことでもあるんだぞ」

「わかってる、そんなこと。ちょっと言ってみたかったの」

「仕事、気をつけて乗れよ」

「お父さんみたいなこと言わないで」

「よけいなお節介だったか」

「でも、ありがとう。行ってらっしゃい、帰りを待ってます」

　京香と電話で話したその日の夕方の便で、村岡はロサンゼルスに飛んだ。志津子はアメリカで車の免許を取ったらしく、横に和樹を乗せて空港まで迎えに来た。

「日本で取らないでアメリカで取るなんて、珍しいな。よく取れたな」

「こちらの方が取りやすいし、それにアメリカにいると、車に乗れないと不便なんだもの」

「そりゃそうだ」

「ところで和樹、就職についてはどう考えているんだ？」

「うん、相談があるんだけど、実を言うと、アメリカに帰化したいっていうことと、あと空軍に入りたいと思ってるんだ」

「えっ、空軍？　そりゃあどうしてだ？」

「うん、その方が帰化も早くできるし、それにもし何かあっても、たとえば日本に帰っても、飛行機に乗れれば食えるしさ、つぶしが利くと思うんだ」

「お母さんは、和樹がそうしたいなら反対はしない。もうあなたは大人なんだから」

「パイロットになるんだったら、航空専門の学校もあるんじゃないか？」

「あるにはあるけど、軍隊の方が手っ取り早いよ」

「そうか、じゃあ、そうするか。飛行機を操縦できるのはいいことだ。父さんは正式ではないけど、いたずらぐらいはできるぞ」

まさかマラッカ海峡へ飛んで爆撃までしたことは、さすがに息子には言えない。

「それで、いつから入隊するんだ」

「入隊の時期は国の機関と相談するけど、そんなに遅くはないと思う」

「飛行機は面白いけど、気をつけてな。志津子はあっさりといいと言ったけど、本当にそれでいいのか？」

「本人が行きたいと言うんだから、私が反対したってしょうがないでしょ」

まさか京香のことを知っているわけでもないだろうなと、村岡は苦笑したくなった。京香はもう少しで少将になる。国内の女性の位としては一番上だろう。村岡は家族の前でそんなことを考えている自分を反省しつつ、本心では志津子も和樹を心配しているんだろうなと思った。

「ところで志津子、お前はまだアメリカにいるのか？」

「そろそろ帰って欲しいですか？」

「そりゃあそうだけど、お前の自由だよ」

子供の前では本音は言えない。でもまだ日本は危険だ。もう少しアメリカにいた方が安全かも知れない、と村岡は考えていた。

「志津子、アメリカに来たついでに、少しカナダにも行こうか?」

「うれしい！　あなたと旅行ができるなんて」

「よし決めた、明日手配して、すぐに出掛けよう」

翌日から、二人でカナダのいくつかの湖を回ったりして四日の旅行を楽しんだ。毎晩、志津子は夫を離さなかった。

カナダ旅行を終え、二人はシアトルの空港で別れることになった。外国なので遠慮なく抱き合い、深いキスをした。

「半年ぐらいで、また来てね」

「うん、わかった。和樹のことを頼んだよ。日本が落ち着くようにするから」

「しなくても来て」

「わかった、じゃあ」

村岡は志津子が国内線のゲートに消えるのを見届け、自分は国際線で成田に向かった。

日本に帰ってみると、また米中でトラブル続きだという。まったく二国で話し合いができないのかと村岡は呆れたが、今度は本当に台湾近海でぶつかり、もめ始めた。今度こそ白黒つくまでやるかも知れない。空母も艦載機も互いに損害が出ている。

村岡が帰国してから二日目、中国は駆逐艦で台南を取り巻くと、艦砲射撃を昼夜かまわず始めた。恐らく台南は形が残らないだろうと思われるほどであった。これはさすがにアメリカも放ってはおけず、とうとう艦載機と艦船の魚雷で猛反撃に出た。しかも中国本土に対しても猛爆を加え始め、核こそ使わなかったが、原子力潜水艦から北京めがけて打ち込み始めた。まだ陸軍は上陸していない。第七艦隊総がかりの様相を呈し始めた。日本の艦船などとても近寄れる状態ではない。

一週間、激しい戦闘が続くと、しばらくやんだ。台湾は半分占領されたも同然になった。中国は台南から、アメリカは台北から、ちょうど韓国のように北と南に分かれた。まだ使用されていないのは、核と衛星兵器、つまりレーザー兵器だけかと思われた。お互い狭い範囲で核を使えば、自国の軍隊にも影響が出てしまう。台湾は南北に分割され、こうなるとどちらも引けない。

日本が先にやられるという想定だったが、もう日本どころではない。果たして中国は本土まで猛爆を受けている。しかも北京めがけてである。今後、中国がどう出るかは、村岡にもわからない。中国の原潜はアメリカ本土の近くにいるかも知れず、ワシントンめがけて打ち込むことは可能だ。どこまでやるか、もう想像できなかった。もし核が使用されたら、世界が終わりだ。互いに国土の広い国だ、一発では済まず、恐らくやり始めたらきりがない。両国がどれだけの核を持っているかもわからない。

無論、日本にも多少の流れ弾が飛んできているが、日本艦船は沈黙している。そのうちロシアが声明を出し、この不幸な出来事の仲介に入ると報じた。日本にしてみればありがたいことだ。同時にインド、ヨーロッパの国々も騒ぎ出した。米中がこれ以上エスカレートしたら地球が持たないだろう。

やがて、しばらくの間静寂があったが、今度は村岡の思ったとおり、中国はアメリカ本土に打ち込みを開始した。沿岸の駆逐艦や警戒機が原潜を探索し、原潜を見つけては爆雷で対応し、また沿岸にいる原潜も魚雷を発射し、それは深海の戦いであった。

村岡はすぐに志津子に電話をかけた。

「そっちが危ないと思ったら、すぐに日本に飛ぶんだ」

「ええ。でも、アメリカはやっぱり凄いわ。中国が発射したものを途中で叩き落としてしまったわ」

「前から随分失敗していたけれど、できるようになったんだ。こちらは流れ弾で少し被害が出たが、さほどでもない。ともかく無事なようで良かった。でも、くれぐれも気をつけて」

結局、八ヶ国の調停で、互いにこれ以上やれば核戦争になり、なったらきりがなく地球全体が被害に遭うということで、二国は話し合いのテーブルにつき、戦いは終結したのだった。

しかしその後、中国は国内の紛争が激化し、他国との戦いどころではなくなった。攻撃を受けた北京では、共産党の重鎮の三人ぐらいが亡くなったという噂であった。そのため軍が権限を握ったようである。それと同時に、今まで中国に従っていたチベット、モンゴル、新疆ウイグルなどが独立運動を始めたため、その対応にも追われた。国が広いというだけでなく、人口の多いこともあり、人心をまとめるには大変である。共産党として機能しなくなった中国は、前のロシアのようになるかと思われたが、軍部はそう簡単には折れなかった。何しろ軍隊は理屈ではない。方針に従わなければ、殺すだけのことである。以前の北朝鮮と同じである。

本当はアメリカは、ついでにと言うと言葉は悪いが、先の戦争で中国と一緒に北朝鮮も叩きたかった。あの国の怖いところは分別がないことである。当然、総書記は代わっていたが、上手く独裁を続けている。日本にとってこの国ほど取り扱いの難しい国はない。中国は大国であることで、仲裁に入った国の話を聞く耳をまだ持っている。しかし北朝鮮は、自分がなくなっても構わないくらいの感覚でいるだけに始末が悪い。それでも二〇〇六年辺りから見ると、核の脅しが効かなくなってきてはいる。いくら北朝鮮が独裁でも、皆殺しはやはり嫌に決まっている。韓国がその後も北に対する太陽政策を進めている関係で、アメリカも韓国に対しての対応が難しくなっているが、今後三年くらいで結論が出る可能性はあるだろう、と村岡は考えていた。

持つべきか、持たざるべきか

米中戦争の影響により、その後、日本では核論争が出始めた。米中の戦いは日本人にとって非常に鮮烈であり、核の所有がいかに大切かということが身に沁みたからである。しかし、日本は核攻撃を受けた最初の国であり、それは国民全体のコンセンサスのようになっている。核を持つことへのアレルギー反応は当然あって当たり前である。あるマスコミの世論調査でこんな結果が出た。日本も核兵器を持つべきか、という問いに、反対が四八％、わからないが三五％、無解答が残りであった。

しかし韓国が太陽政策で北と連携を深めている現状を見るとき、韓国もいつ北と核を共同使用するに踏み切るかわからない。今の韓国大統領は、今後北と統一するだろうか。北の思惑はわかっている、絶対に統一はしたくないはずである。統一すれば、独裁国家は嫌でも民主主義を取らねばならない。表面的には韓国との統一を願っているように見せてはいるが、要求を通すために韓国をアメリカから離し、核で脅しながら北の思うとおりに操ればいいと考えているのだろう。

今の韓国の若い人たちも、北の本当の恐ろしさを知らない。推測も含むが、北のスパイや工作員に踊らされていると思われる節もある。なぜ今、太陽政策なのか。ドイツは既に統一をしている。同一民族が一緒になることは、どんな場合でも悲願であることには違いない。

日本に話を戻そう。先の憲法九条改正のときも、やはり最初は同じくらいの賛成しか得られなかった。しかし今から考えれば、今回の米中戦争で、日本がもし前の憲法のままだったとしたら、どれほど恐ろしい思いをしていただろう。

核を持つことと使うこととは、絶対的に違うことであるはずだ。何をしでかすかわからないような国が核を持つことと、よほどのことがあって最後の最後で核を使うかも知れない国とも、自ずから違いがある。自国が核を使うことで、自分たちも被害を受けるということが認識できるかできないかの違いは大きい。

単に国民意見のパーセントで決めてしまっていい問題だろうか。また、確かに主権は国民と憲法にあるが、今の憲法自体、本当に最高の憲法と言えるのかということもある。憲法論争と国民の意思を一緒にしてはいけないが、日本国民はここで、法律というものを改めて考える必要があるのではないだろうか。

国民の運命は、一体誰が決めるのだろう。法律やいろいろな決まりの中で、絶対という言葉はあるのだろうか。本来、国民の運命は国民が決めるべきであるが、本当に国民全員の意見の統一がなされるのかということを考えてみると、全員一致は非常に難しいだろう。仮に、八〇％の国民が賛成し、反対二〇％で、多数決で決まって実行されたことが、結果的に二〇％の意見の方が実は良い選択だったとしよう。国民全体の意見の多数決でしたことが、結果が悪く出たわけだ。この場合、国民はどう考えるだろうか。ここが難しいところである。

意見というものは多数決が正しい結果を生むとは限らないし、法律は全てに対して平等とは限らない。決め事の難しさはここにある。たとえば、人殺しは絶対に悪い。しかし人間は戦争をする。勝てば官軍である。人間は自分たちが矛盾の中で生きていることを、時として忘れてしまう。核を持つことも、良いか悪いかの問題で解決がつくのだろうか。

この問題について村岡は、軍人そのものである京香に聞いてみようと思い、久しぶりに彼女を執務室に呼んだ。

「やあ、久しぶり。ここのところスクランブル続きだったろう」

「そうでもないわ。だって、日本の飛行機が出る幕がないんだもの。下手に出ると邪魔になるみたいで。今度は両方本気だったもの」

「そうだな、日本が先に攻撃されると思ったら、いきなりだった。なぜこうなったのかわからないが」

「世界というか、世の中というか、わからないことってあるわよね。そうそう、アメリカはどうだった？」

「うん、俺が向こうに行ってるときはなんでもなかったのに、帰ってきたら突然だ。要するに両国の経済戦争が本当の戦争になったわけだ」

「昔の日本も、戦争しなければならなかった訳があった。でも勝負を考えずにやったところがあるから駄目よね。手を引く機会もあったのに」

「今度は両方、上手く手を引けたと思う。ところで、今日来てもらったのは、核についてなんだが、今、日本で論争になっているのを知っているだろう？　君の見解も聞きたいと思ってな」

「私はどう見ても軍人よ、だから聞きたいと思ったわけ？　どちらだと思う？」

「変な質問するなよ、勘で物を言うのかい？」

「そうじゃないけど、私たち軍人は、結果でしか言えない。つまり戦う人間にとって、ないよりあった方がいいに決まってるじゃない」

「そうか、必要か不必要かじゃないわけだ」

「でも私は女性だから、悲惨なことは避けたい。日本は世界で初めての被爆国だし、核なんかもともとなければよかったとは思うけど」

「発明というか、アインシュタインはそれを目的に相対性理論を導き出したわけじゃないが、でもできたものはしょうがない。それはそれとして、今の日本に核は必要かどうか、軍人として、世界戦略として答えて欲しい。それと、君の言うことは、もう一等空佐、つまりもうすぐ三等空将になる人間の言葉として聞きたい」

「おだてないで、私は空将でも空佐でもどちらでもいいの。そりゃあ自由が利く立場の方がいいに決まってるけど。……じゃあ言うけど、つまり戦略的には必要ではあるけれど、それはあくまでも、使えます、持っていますということの証明があれば充分抑止力になるということ。問題は、戦争でどちらかが先に使ったとき。相手は当然、報復を考える。でも日本ならば、報復しないかも知れない。なぜなら、すでに被爆国である上に、また核攻撃を受けたということで、世界的に同情を受けることができるから。それに、報復をすれば相手も報復の報復となって、きりがなくなるわ。それこそ、どこかの国の調停を必要とする。最後は私の考え方ですけど、損得の問題ではないと思う」

「それに、規模という問題もある。もう、たった一発が広島や長崎の何倍の規模にもなってきている。大変な世の中になってしまったものだ」

「確かにそこの部分で言えば、小さなきれいな核なんてないのかも知れない」

「原点に戻して考えると、今日本に核は必要かという点は、北朝鮮と中国に対して言えることかも知れない。しかし、中国は日本に核は使わないと思う。とすれば北のみか。でも、日本が攻撃を受けても、他国が報復してくれるかも知れない。これは実際なってみないとわからないが」

「まず、あるに越したことはないけど、核実験をすることで、証明しなくても北みたいにアメリカが偵察衛星で確認することができるようになった。本当に爆発させてみないと自信がないかも知れないということはあるかも」

「結論としては、核保有国として認められている国か、秘密主義の国家以外においては、核は必要ないということだな。極端な話、世界で核を持っている国は多くなった。だから日本にも必要かどうかとなると、持つならば北と中国だけのためということになる。両国とも不幸にして近隣諸国だが……、やはり日本に核は必要ないということかな。極論を言えば、北のみならば無理に持たなくてもいいという結論になる。そこでもう一つ、北と中国の関係が今後どうなるかだ」

「北も中国も、よほどのことがない限り戦争はしないでしょう。だからやっぱり核は日本には必要ないという結論になるわ」

「国際的なことって力ばかりではなく、戦略的にどうかってことかな。大国であれば戦略は必要だが、日本に於いてはどうかなってところ。無論、戦略は必要だけど、難しい。逆にメリット・デメリットという観点で考えた方がいいかも知れないな」

「要するに、いつでも核はできるというプロパガンダをやれば効き目があると思うわ」

「本当の独立は、核を持つということとは違う、と解釈してもいいと思う。ま、核の話についてはまた日を改めるのと、今後の状況の変化も見よう。今日は堅い話ばかりになった。でも、たまにはいいか」

「あなたがこんな話をしてるときって、前と変わらない。そのうち愛も欲しくなると大変だから、帰るわ」

「そうか、なんとなく物足りない気もするけど。じゃあ、また会おう」

今日はいつものウィンクもせずに、京香は何かを考えている風に帰っていった。村岡も、これからの日本は一体どうなるのかと考えると、そんな気分にもなれなかった。その一方で、志津子たちは元気にやっているかと、ちょっと心配になった。そんなことをふと考えた日から一週間後、志津子が連絡もせずに突然帰ってきた。

「和樹が入隊したから、寂しくて帰ってきちゃったわ」

「なんだ、電話ぐらいくれれば、迎えに行ったのに」

「うん、でも少しでも早く帰りたかったの、今回は」

「そうだな、随分日本に帰ってなかったな」

「本当は、シアトルで別れたとき、半泣きだったの。あなたと一緒に日本に帰りたかった。外国の空港で別れるのが、あんなに辛いとは思わなかったわ」

「ロバートには何て言ってきたんだ？」

「ちょっと帰ってくる、ってだけ」

「これからどうする？　もう向こうには行かないでおくかい？」

「うん、日本が安全なら、行かない」

「じゃあ、ロバートにはちゃんと挨拶をしてこなきゃ。俺が一人で行こう、用事がないわけじゃないから」

「じゃあお願いします。突然でごめんなさいって言っておいて」

「志津子がホームシックになったって言っておくよ。それで彼はわかるよ」

「ちょっと恥ずかしいけど、本当だものね」

翌々日、村岡はロサンゼルスに飛んだ。志津子がこちらには戻らないことを伝えると、ロバートは笑いながら言った。

「甘えん坊の志津子さん、今までよく頑張った、と伝えてください」

「えっ、ロバート、彼女が甘えん坊だってよくわかるね」

「映画やってる人間だからね、それくらいわかるよ」

「そうか、いろいろな人間の物語を映画にしてるんだもんな、わかって当然か。本当に長い間ありがとう」

「僕も凄く助かった、お互いさまだよ」

翌日は、京香と同期だったという、当時の副大統領の息子に和樹のことをよく頼んでおこうと思い、アポを取って会ってみると、偶然、和樹の部隊の上官という立場だった。彼は村岡の訪問をとても喜び、息子さんを必ず良いパイロットにしますと言った。和樹がいずれアメリカに帰化するということも伝えると、彼は驚き、お父さんの仕事の後を継がないのですか、と不思議そうに言った。

「私のような仕事は、彼にはできない」

村岡がそう言うと、納得したようだった。

その翌日、ロバート一家は涙を流して別れを惜しんだ。村岡も、志津子じゃないけど半ベソの状態だった。

新型空母建造

日本に帰って、残った仕事を終わらせると、村岡はしばらくぶりに落ち着いた気持ちになった。志津子との生活も久しぶりだ。食事がおいしい。やはり違うと思った。

そんなとある日曜日、二人で昔のことを話しているときに、村岡は京香と以前話したことのある空母のことを思い出した。

「話はちょっと変わるけど、これからの日本の稼ぎ方だけど、俺は軍事産業ということがポイントになると思うんだ。まず、航空機はどんなにしてもアメリカには勝てない、そこで空母を造る。でも普通の空母ではない。小型の空母を二隻だ。空母というのは勿論、動く格納庫と滑走路と考えればいい。二隻はいざという時に、滑走路の部分をスライドさせ、滑走路同士をドッキングさせる。すると大型の空母になるわけだ。艦載機が二倍、そしてカタパルトが二本になり、自由に着艦もできる。空母というのは、知ってのとおり艦橋は片側に寄せている。両艦の艦橋を反対にしておけば、ドッキング時には二つのエンジンで速力も増す。操作はどちらかに任せる。日本海や東シナ海、台湾海峡など、いずれも大きな空母では動きづらい。これはヨーロッパの国々にも言える。あとは、ロボットの兵隊を作り上げることだ。これからの軍事産業は、大きなものは輸送機だけでいい。小さくて性能が良く、原子力以外の物は燃料を食わないことが先決だ。エネルギー問題は、残念ながら今後もずっと続く。戦闘機はある意味、燃料を食うが、これはしょうがない。日本は造船は得意だ。ロボットも他国より進んでいる。他国がいいものを作っても、日本はそれに勝るものをまた考えればいい。そういう技術力は他国に負けない。昔のゼロ戦だって、材料のジュラルミンや鉄があれば、設計は抜群だった。航空機だって、準備ができれば電装関係は絶対に負けないし、航空力学も製造能力も充分だ。ただ欠点は、戦闘機の場合は戦闘能力が少し劣ると言うか、作戦能力がちょっと弱い。つまり俺が言いたいのは、兵器産業が一番儲かる。他の産業とは金の単位が違うということだ。これが、これからの日本の稼ぎ方にとって重要になると思う」

「随分難しい話ね。空母は、発想は面白いけど、本当にそんな風にできるかしら。できたら兵器としては、敵地に潜入してからドッキングすれば、敵の湾内に飛行場を持つのと同じになるわね」

「確かにやってみなければわからない。でも新しい物というのは、最初はみんな苦労して、試行錯誤の末にできるものだよ」

「とにかく大きな民間工場に設計させてみることだわね」

「こういうことって、発想するのは面白いし簡単だけど、実際に造るとなると時間がかかる。だから思いついたときにすぐ取りかからないと間に合わなくなる。早速明日、造船で有名な智成重工に行ってみるよ」

「あなたって昔から、突然思いもよらないことを言い出すのよね、変わってる。だけど、そこがいいのよね」

「みんなにそう言われるよ。だけど、発想だけでものにならないことも一杯ある」

村岡は翌日、智成重工に行って設計担当者の菊池に会い、自分の構想を話した。

「面白いんですが、もしそれができるんだったら、他国でやっていますよ。空母って常に上下に波で動いているんですよ。二隻が別々に動いている状態で、甲板みたいな平べったいものを、どうやってドッキングさせるんですか？」

村岡は答えに詰まった。考えが浅かったと思った。しかしそこで、そうですね、はいわかりましたと言っておとなしくは帰れない。格好がつかない。村岡は自分の浅慮に対する恥ずかしさから、よけいに何かを言わなければと焦った。

「うん、そりゃあそうですよね。それぐらいは考えています。つまり、二隻は接触するくらい接近するわけです。そこで油圧のシャフトを甲板の位置辺りから出せるように、また船尾の甲板の下辺りから出せるようにします。片方の空母にはシャフトが入るように大きめに受け口をこしらえて、海水が入らないようにシャッターを付けておきます。無論、受け口とシャフトが入る穴はテーパーを付けておきます。二本のシャフトが入ったところで、両方の空母は上下が同一になるはずです。そこで初めて甲板を出し、ドッキングさせるのです。当然シャフトの強度は計算と実験をしてみないとわかりませんが、やってみる価値はありますでしょう?」

菊池もこれには少々黙った。

「……そうですね、上下運動が同一にできれば……でも何しろ海上ですからね、まずは小さな船で実験してみないと。それにしても軍艦ですから、両方相当の重みがありますからね、強度が相当ないと折れてしまいます」

「やってみなければわかりませんよ」

とっさに考えて言ったにしては、なかなか良いアイデアではないかと村岡は思ったが、自信なんてない。何かを始めるとき、自信一杯でやれる場合は少ないものだ。

機械は、設計が確実であれば実験で証明できる。もう一度、村岡は菊池と話を整理した。
一、まず接舷する
二、両艦とも投錨する。これにより上下動はやや同一になる
三、同位置に調整する
四、シャフトを出す
五、両艦シャフトを固定する
六、両艦より甲板をスライドさせ、ドッキングして完了

菊池は、あとはシャフトの強度の問題と、もう一本真ん中にシャフトを用意した方がいいかも知れないと言った。

しかし、船体の真ん中にもう一本シャフトを増やすことは難しい。船体の真ん中には大抵エンジンルームが設定されるためである。二本でなんとか甲板をドッキングさせ、安定させてしまえばいい、と村岡は思った。

ともかく小型船を作って実験することで話がついた。小型と言えども結構重量のあるものにして。ただ、波の荒いときの対策も考える必要がある。空母の重量でどれくらいの上下動になるかが問題だった。

まず設計図を作成し、それに基づき試作に入る。図面段階での強度計算が先である。

「これでだいぶ整理ができた」

「大変な構想ですが、やってみるメリットもよく考えてみましょう」

「そうだ、金のかかる話だけに、あとでメリットをよく検討しよう。しかし、お互い理解できるところまでこぎつけた。新しいことを始めるのは難しいが、良かった。急いでやらなければならないことではないが、もしこれが成功したら面白いだろう」

村岡はそう言いながら、本当にメリットを数えなければと思った。

もうすっかり日本に落ち着いた志津子が、突然言い出した。

「あなたはなんだか技術屋さんとやり出したから、私も何かしないとね。もう一度おさらいをして、お茶でも教えようかな」

村岡は、最近の志津子はなんだか昔よりたくましくなったような気がしていた。考えてみれば、夫と離れてアメリカで結構長く生活していたのだ。あんなに甘えん坊だった志津子にとって、外国の生活は、最初きつかっただろう。村岡もほとんどフォローしてやれていなかった。こんな気持ちになるのも、やはり自分が年を取ったせいか、と村岡はちょっと苦笑いが出そうなところだ。それだけに、これからはその分ゆっくりと甘えさせてやろうと思う。お茶の師匠も悪くない。志津子にはそういうことが一番似合う。もっと若い頃に志津子といろんな経験をしておけば良かったとも思うが、でもまだ遅くはない。

「それだったら、一部屋をお茶室みたいにリフォームしようか。弟子を取るのに、このままじゃちょっと格好がつかないだろ？」

「あら、弟子は師匠の実力で取るの。そんな無駄は必要ないわ」

「でも、茶道は形から入るもんじゃないのか？」

「あなたはまた知ったようなことを言うわね。ほんとにリフォームしてくれるのなら反対はしませんけど」

「勿論、言い出したのは俺だ。お前の好きなように一部屋、改造した図面を書いてみたら？」

「わかりました、じゃあそうさせていただきます」

今は夏。昔、京都の禅寺の茶室で志津子の横顔を見たのも夏だった。そういえば今年は特別暑い。しかし、夏が暑い方が紅葉が綺麗になるという。もし行けたら、また京都の禅寺の茶室で志津子の横顔を見るのもいいな、と村岡は思った。

暑い夏の夕方、まだ熱を持った庭に水を打つと、なんとも言えない香りがする。泉水を汲んでジョウロでやるのもいいが、小さなバケツで自分流に撒くのもまた風流な気分になれる。村岡は、小さな針葉樹の葉の先っぽから、ポツンポツンと落ちる水滴を見るのが好きだ。それほど水を掛けたわけでもないのに、切れ目なく落ちる水滴をじっと見ていると、時間の経つのを忘れてしまう。それもまた不思議である。

智成重工の菊池から、仮図面ができたと電話があり、村岡は勇んで出掛けた。

「思ったより大変でした。何しろ想像で引かなければならないところが多くて困りました」

「うん、最初はそうなる。こんな仕事を頼むお客は、今までいなかっただろう？」

「そうですね、変わった人は世の中にいろいろいますけど、村岡さんは発想の変わり方が特異ですからね。――図面を書くのは簡単です。でもこれが本当に建造されるまでには、もっといろんなことをやらねばなりません。まず第一に、波動検査が必要です。空母二隻の模型を作り、海と同じ状態を作り、二隻にどんな変化が出るかを調べます。空母が進むことにより、どんな抵抗が起きるか調べるのです。津波や雪崩なんかも、そういう調査をするんですよ。飛行機で言う風洞実験と同じです。波を送り、どんな反動的水流が起こるかを調べることによって、実際に空母が就航した場合の結果がわかるんです」

「そうか、あれから私の方も考えたことがあるんだ。両空母を安定させるためには、二隻とも同じ速度で進行させる。その方が投錨できない深さの場所でドッキングさせやすいんじゃないかということだ。無論、危険はあるが、の話だが。その実験をすることにより、走りながらのドッキングが可能かどうかもわかるわけだな」

「そうです。まずそこから始めなくてはなりません」

「わかった。それと、大きい一隻と小さい二隻を建造して、それぞれにシャフトその他の設備を作り、どれくらいの比率で違いが出るか積算もしてみなければならないな」

「それは機械的にできる見通しがついてからでも遅くないですよ」

「やはり、新しい物を作り上げるのは大変だね」

「そのとおりですね」

「ところで、君は何か趣味を持っているかい？」

「突然ですね。いいえ、私は無趣味なんですよ。何かやりたいとは思っていますが、なかなかこれというものが見つからなくて」

「それなら、茶道をやってみないか？　うちの嫁さんが茶道の師匠をやると言い出したんだ。そこで君が弟子一号になってもらえないかな。実を言うと、君がうちに来てくれれば、しょっちゅうこんな話ができるからなんだが」

「なるほど、茶道は二の次ですか」

「いや、そうでもないよ。茶道はいいものだ、気持ちが落ち着く。最終的には君が決めることだが、そんなに固く考えずに、茶道をやることが君にとって何か意味があればいい」

村岡は自分でもそんなことを言うつもりはなかったが、物作りの好きな村岡がいろいろな物を作るには、やはりその道それぞれの知識が必要だ。今回は設計の菊池の専門的な知識や技術が必要だとわかり、ふと思いついて誘ったわけだった。

最後の賭け

突然だった。中国が東シナ海で日本の艦船に攻撃を仕掛けてきた。前に米国に噛み付いてから二年後である。中国という国は、上層部が入れ替わっても体制が変わるわけではないが、方針はガラッと変わる。日本はすでに憲法改正されているので、直ちに反撃に出た。日中対戦の幕開けである。せっかく静かになったのに、全く懲りない国だな、と村岡は思った。

京香は三等空将になっており、また海軍指導官、つまり参謀でもある。二人で核について話したときは「日本には必要ない」という結論を出したのだが、こうなるとさすがに心配だ。今の中国共産党は人民解放軍にだいぶ権力を移している。今度は何が気に入らなかったのだろうか。前の米中戦のときは原因は禁輸政策だとはっきりわかっている。今回は、日本の方がとりあえず叩き易いと思ったからだろうか。村岡は、本当は米中戦の前に中国は最初に日本に仕掛けてくると思っていた。だから憲法改正を急いだのに、やはりどうもよくわからない国である。

二〇〇八年に北京でオリンピックが行われたが、中国は何かにつけて人権問題をうるさく言われていたので、このときとばかりに人権を尊重しているとアピールするのに良い機会だった。また米中戦のときに、台湾は半分は中国に、半分はアメリカに占領されたが、アメリカは台湾の自主独立を進めて、支配下に置くという形は取らなかった。中国は台湾の統治権を有するが、自主政権を持つことを許し、アメリカにならって格好だけは独立を認めた形にした。しかしその後、やはり日本企業も含めて、高度の技術を必要とする製造は本国に引き揚げ始めた。オリンピックが終わったあとはどこの国でも、その投資と商業ベースで黒字になるところは別にして、苦しくなる。

その影響が今回、日本に向けられているのだろう。国民の目を何かに対して向けさせる必要があったわけである。中国には対外的な理由などいらないのかも知れない。これは大国の理念みたいなところがある。あのアメリカでさえ、政権に不利なことはマスコミを弾圧してでも伏せる。あのイラクのときも、死者数や映像を出させなかった。自由の国のはずのアメリカですらそうである。まして中国であれば、都合が悪いときには〝目の敵〟が必要である。日本に仕掛けてきたのは、勝ち負けは問題ではなく、とりあえず国民の目を都合の悪いことから逸らす必要があったわけである。

「京香、今度はこちらから行こうか？」

「ううん、どこか外で会うことにしましょう」

「そうだな、気持ちもわかる」

「都内のホテルのロビーということにしましょう」

　三日後、すっかり私服の京香が現れた。

「どうしたんだ、今日は服装がいつもと違うじゃないか」

「そうよ、もうめったにフライトスーツは着ません。今は将官ですから軍服になります。あれを着て街は歩けません。まして、雅紀と会うときは」

「そりゃあそうだな。――さてと、服の件はまあいいとして、今回は中国をどう考える？」

「私は本気ではないと見てる。今、日本と本気で戦えば、勝つことはできるかも知れないけど、完全に占領は無理。それに核は使えないと思う。使えば世界が黙っていないもの。今の世界は、抑止力のために核はあると思う。一発使うことのデメリットが大きすぎる。前にあなたと議論したときと根本的に変わってないわ。今の私の考えは、今度の戦いは熾烈になるとは思うけど、でも核はよほどでないと使わない、ってところかしら」

「核なしの戦いでも、上陸するところまであるかどうかは？」

「南方の島は占領はあると思う。でも、本土まで来ることはない。今、本土に上陸はさせないわよ。日本の国の装備はもうそんなに悪くないもの」

「君にだから言うけど、今、次の軍備を計画中なんだ」

「雅紀さんのことだから、またとんでもないことじゃないでしょうね？」

「もう前ほど無茶はできないよ。君も知ってのとおり、もうあんな時代じゃない」

「中国は依然として個人主義そのものよ。いつまで経っても、失脚するか自分の権限を延ばすかしか考えてないの。今だって、米中戦のアメリカの北京攻撃で前主席が死んだあと、すぐに現主席が台頭しただけのこと。結局あの国は体制を変えない限り直らない。でも中国を壊滅させる国もまたなかなかないということ。本当に戦いが激しくならないと、真の意味のナショナリズムは出てこないかも知れないわね」

「ある意味、資本主義より格差を平気で受け止める国民であることを、自分たちで理解したときこそ、中国は伸びるのかも知れないな。それと、日本の作戦本部がこれからどう戦うつもりか、それによって俺の考えている次の軍備計画を急ぐか急がないか決めたいと思ってる」

「日本としては戦局を広げたくないところね。局地的な戦争にしたい。それにはどうするか……。最初にぶつかったのは東シナ海。向こうは尖閣列島などは元々欲しかったんだから、例えばナカウラジマ辺りの島から日本はわざと島民を避難させるわけ。日本は前もってその周りにステルス艦を配備しておき、原潜ではウラジオストクに狙いを定めておいて、中国に負けましたと謝ると同時に島を一つあげます。カラにしておいた島を中国軍が占領したのを見計らって、原潜からウラジオストクを攻撃して、中国がやったと言う。と同時にステルス艦で、島を占領した中国軍を叩き、ロシアには敵を討ちましたよと通告。ステルス艦は直ちに退去して、空母を配置する。アメリカには前もってこの作戦を通告しておく。ロシアを参戦させる。日本は手を引けたら引く。――計画どおりに行くかどうかはわからないけど、なるべく損害は少なくしたいわ。ロシアと中国は今は上手くいってないはずだから、事が大きくならないうちに中ソの戦いに持っていく作戦よ。日中戦は、まともにやったらアメリカの助けがいるわ、残念だけど」

「そう上手くいくかな。確かに中国とまともにやって、戦局を広げたら危ないかも知れない。今回は中国から攻撃を仕掛けてきたが、それは自国の国民の不満を日本に向けるためだということもわかっている。そこにロシアを参戦させる口実がもう一つ足りない」

「じゃあ今度は、中国のマークをつけた爆撃機でハバロフスクでも攻撃する？　はっきり中国である証拠が必要だから、攻撃機はロシアのどこかに不時着させるとか」

「またやるのかい？　確かに証拠がないと今は難しいだろうな。爆撃のあと機を捨てて脱出して、原潜に拾ってもらうか。夜間に日本の古い戦闘機を使えば中国と勘違いしてくれるとは思うけど、中国のマーク入りでかなり低空で飛ばないとな。でも対空砲火を受けるかも知れないし、それに、もう我々の体力じゃ無理かな？」

「体力の問題じゃないわ、特殊任務の仕事としてですから。でも、私はもう参謀になりましたので行動に制限があります。だから雅紀さんの責任下でやらなければなりません。原潜への命令も、私からは上官を通すこと以外はできません」

「そりゃ当然だな。各参謀が勝手に原潜を動かしていては、作戦行動がガタガタになる。じゃあ、もしやるとすれば、まず古い型の戦闘機が二機、それと救助してくれる原潜に対しての命令書、救助位置などが必要だな。今度はフライトスーツの下にウェットスーツを着て、パラシュートをつけて、着水と同時に外して泳ぐわけだ。原潜は上手く拾ってくれるかな。原潜が浮上するまで海で漂うことになるぞ。こりゃあ、前のときより危険が一杯だ。高高度で飛ぶわけにもいかないしな。これは命の危険があるのと、命令書どおりにはならないかも知れない危険もある。でもしょうがない、二人でやるか」

「自信ないけど、二人でやるならしょうがないわ。あなたとは変な腐れ縁だもん」

「俺とは腐れ縁か、ま、そう言われても仕方ないか。よし、腐れ縁ついでにやってみよう、危険一杯を。こんな任務、他の人間には命令もお願いもできないからな」

「きっとこうなると思ってた。今回呼ばれたとき、また何かあるなと思ったわ」

「やるとしたら早くやらなければ。島の人が退避して、それを中国に渡すまでは、参謀本部でやる。そのあとだ、我々の行動は」

「ちょっと待って、これは今はあくまでも雅紀さんの案でしかないのよ。参謀本部に対しては、まず私が上官に作戦として上申してみないと」

「俺の権限も限られてきている。それに軍備が多くなってみると、前みたいに手軽にはできないな。前みたいに、やろうか、よしやろうって簡単にはいかなくなった。それだけつまらない世の中になったってわけか」

「とにかく、今回も爆撃だけは二人でやりましょう。こんなこと、もうこれが最後になると思う」

「そうだな。じゃあ今回は、君の方から行動開始の一報をくれ。それと、これをやる意味は、中国のつまらない挑発に乗らない、もろにぶつかる戦いではない、ということが二人で動く目的だと位置付けるか」

「決済と行動予定が決まったら、知らせる」

「しかし、危険は最大だけど、京香、いいのか？」

「いいに決まってるじゃない。それと、作戦開始予定地は新千歳空港。装備の準備は先に予定地に揃えておくわ」

「じゃあ俺は身一つで行けばいいんだな」

「そ、あなたは来るだけでいい。私もそれで満足」

「わかった。じゃあ、話が終わったところで、下のバーで軽く飲んでいくかい？」

「そうね、しばらく飲んでないからそうしようか。時間もちょうどいいし」

久しぶりに京香と飲み始めてみると、彼女は体形が全然変わっていないことに村岡は気づいた。きっといつでも乗れるように気を使っているのだろう。やはり本当の意味のパイロットなんだなと思った。

「相変わらずの飲み方ね。最初はビールで、ピッチが速い。雅紀って変わってないわ」

「そうかな、今度ばかりはちょっと心配というか、攻撃の仕事というより後始末って感じだな。だからつまらないってわけじゃないけど」

「嘘、つまんないって顔に書いてあるわよ」

「京香に嘘言ってもバレちゃうか。そんな京香がいいんだ」

「あら、褒めても今日は駄目」

「わかってる、大事の前だって言うんだろ」

「そりゃあ私だって嫌いじゃないけど、でもね、やっぱり気持ちの問題。早く帰って志津子さんとしたら？」

「志津子は志津子、君は君」

「よく言うわね。でも、今度は私と一緒に死んじゃうかも知れないわよ。だったら志津子さんに充分してあげといたら？」

「参ったな、女の人にはそういう思いやりってあるんだ」

村岡は、今回も作戦が終わればまた京香としばらく一緒にいられることを思いながら、二人でホテルのバーを出て柱の陰で軽いキスをして別れた。

彼女は何しろ一国の作戦参謀なのだ。まさかそんなに偉くなるとは村岡も思っていなかった。しかも第一線のパイロットでもあり、日本でただ一人、戦闘機に乗れる女性であり、未だ独身。村岡は浮ついた気持ちで付き合っているわけではないとは思っているが、京香はやはり普通の女性ではない。二人のまれなる縁、と言わなければならないだろう。彼女は得がたい存在であり、命の危険を伴う仕事が共にできる友人であり、恋人でもある。今さら説明する必要もないが、男の本音は、やはり素晴らしい女性との付き合いができることにある。京香の代わりはいない。無論、志津子は人生を共にして悔いのない女性である。

村岡は、男の身勝手かも知れないと思いながら、ホテルから帰るタクシーの中で、京香が準備を完了するのには一週間を要するだろうと考えた。村岡もそれなりに心の準備をし、これからの危険を考えると志津子にも言っておかなければならない。そして空母の設計を頼んである菊池にも、もしものときのために京香のことも言っておこう。男女関係があることを言う必要はないが、もし自分が駄目だったときのこととして話そうと決めた。

「志津子、また冒険をしなければならなくなった。これが最後の賭けになると思うが、今までで一番危険なことになる。皮肉にも、最後が最も危険になるとは、俺も思ってなかったよ」

「また何か危険なことをやるんですか？　もうあなたは落ち着くのかと思っていました……。いつものとおり、何をやるかは聞きません」

「いや、危険だから言っておく。ロシアのハバロフスクに深夜、攻撃をかける。中国のマークを付けた古い戦闘機で、友人と二機でやる」

「目的は聞いてもしょうがないけれど……、無事帰ってきてくださいね」

「勿論そのつもりだが、俺にもしものことがあったら、アメリカの和樹のところへ行くんだ」

「一旦言い出したら、私が止めても駄目なことを知っていて決めてくるんだもの」

「前もって相談できなかったのは悪かった。けど、俺の仕事だ。国のためでもあるんだ。あと一週間ぐらいで作戦行動に入る」

「絶対、これで最後にしてくださいね。私はあなたがいないと駄目だって知ってるでしょ？」

「わかってる、志津子のことは何から何までわかるよ。でも今回は絶対に無事だとは言えない」

「初めて言いますけど、それだったら他の人にやってもらったら……」

「それができれば頼んでいる」

「これからあなたには、私、わがまま一杯言うつもりなのに……。わがままを聞いてもらえないまま、あなたの身に何かあったら、私は独身でいた方が良かった」

「志津子がこんなに駄々っ子になったのは初めてだな。今までみたいに行ってらっしゃいって言ってくれよ」

「私は元々駄々っ子です」

「わかった、まだ日がある、今度もっと詳しく説明するよ」

志津子がしつこく言うのもわかる。今回の作戦は、村岡自身もちょっと気が重い。志津子の心配を考えるとやめたくなる。しかし京香と一緒にやることだ。京香が一緒でなければやらない。京香とだから、息の合った作戦行動が取れると思っている。これは男と女ということとは関係ない。もし男同士でも、こんな不思議な縁があったら行動を共にしている。男と女だから男女関係になっただけのことだ。

ただ、今度の作戦には志津子を納得させられない一つの要素がある。それは今度の作戦が「専守防衛であるか」というところにある。村岡は翌日、志津子にそれを言わなければと思い、仕事を終え、夜、家で二人で軽く飲んでいるときに言ってみた。

「志津子、作戦のことだけど、よく考えてみると、本音は専守防衛ではあるが、方法として第三国を攻撃することは、やはり専守防衛ではないかも知れない。それが危険を発生させる原因にもなっている」

「なぜ第三国を攻撃しなければならないのですか?」

「卑怯な方法かも知れないが、こっちは中国と本気で戦争する気がない。向こうから仕掛けてきた戦いであり、向こうは国民の目を日本に向けることで国内の行政のまずさをごまかそうとしていることは見え見えなんだ。そんな国と日本は本気で戦う気はない。そこで他国に目を向けさせようと考えた、それが今度の作戦だ」

「外交的になんとかならないんですか？」

「なるわけないさ、元々向こうが国民の目を日本に向けさせるための戦争なんだから、外交は効かない」

「こちらが汚いわけではない、向こうの勝手で日本はいい迷惑ってところなのね」

「どこの国でもあることだが、しかしあの国はその手を使うことが多い。国土が広いだけに、世論を統一させることが難しい。人口も十四億人で、日本の十一倍だからな」

地球規模で考えると、最も広いのは海だが、あの広さを持つ国は他に三、四ヶ国くらいだろう。日本の国土がもう少し広かったら、資源も出るかも知れないのに、と村岡は思う。確かに日本は狭い。この狭い中で混沌と生きてる自分を思うとき、村岡はちょっと寂しい気がした。

村岡の予想どおり、ちょうど一週間後に京香から知らせが入った。

「上司に相談したわ。今度の作戦は、人は殺傷しないようにときつく命令されたから、ハバロフスクを直接攻撃はしないことになった。低空飛行で中国マークを見せつけるだけで、そのあとは機体をウラジオストク海岸線に落とすことにする。それだけでも充分効果はあるわ。でも、そこにたどり着くまでに私たちが反撃に遭ったらしょうがないけど」

「俺も京香も命は惜しいが、そりゃあ反撃はしょうがない。ただ、俺は向こうの熱線追尾の奴から逃げ切れる自信がないよ、京香もあれは手強いだろう?」

「だからスクランブルで上昇してこないうちに引き揚げないと。大急ぎでマークを確認させて、さっさ引き揚げることよ」

「自分で言い出しておいてビビるわけじゃないけど、向こうさんの戦闘機と一戦交えるなんてことは、俺には不可能だ。でもそのときはそのときか……。京香は戦闘訓練やってるんだから、よろしく頼む。恥ずかしいけど、俺は操縦できるっていうだけだからな。でもいざとなったら、撃ちまくるのと照準合わせて打ち込むぐらいは、なんとかなるかな」

「あなたはそれはやめといた方がいいわ。照準を合わせるためには、当然だけど機体を攻撃位置に持っていかなきゃならないの。私でも思ったようにならない場合がいくらでもあるんだから。照準を合わせられたら一人前よ」

「要するに、聞くとやるとじゃ大違いってことか。俺じゃ話にならないな。別の照準だったら、ばっちり合わせられるけど」

「駄目よ、冗談じゃすまないのよ。真面目に聞くつもりがないなら、やめるわよ」

「いや、悪かった、つまらない冗談を言ってる場合じゃなかった」

　どうも京香を本当に怒らせてしまったようだ。確かに、正式の任務になってるのは京香の方なのだ。村岡が言い出した作戦を、上官に伝えて説得してくれたのは京香だ。原子力潜水艦に拾ってもらう手配も皆してくれて、正式の任務となったのを冗談でまぜっかえしたら、怒るのは当たり前のこと。確かに冗談を言っている場合ではない。

「命令書は作戦番号００５。実行日は０９・１８。作戦行動開始は２４００。発進は予定どおり、あえて民間の新千歳空港にしました。現地までは、私は戦闘機で飛びます。あなたは民間機で飛んでください。以上」

　ぷつんと電話を切られた村岡は、次に会ったときに真剣に謝ろうと思った。立場がもう違う。前は自分で作戦計画を自由にできたが、今度は京香が全部責任を負っている。失敗は許されない。今度の作戦はそれだけ危険もあり、大事になっている。今回はこれまでと違い、正式に作戦本部に完全報告済みだ。軍規にのっとっての行動が必要か、これは大変だ、俺のことを京香はどう報告しているのかな、と村岡は思った。しかし今は聞けない。本来、村岡の方が立場は上ではあるが、いろいろと手続き上、京香にも頼まないと指揮命令系統が乱れてしまう。組織が複雑になってきたのだから仕方がない。


翌日、村岡は智成重工の菊池に会い、説明をした。

「近日中にどうしても作戦に参加しなければならなくなった。非常に危険な行動になると思う。今どこら辺りまで進んでいるのかを知りたい」

「実験段階は大体終わりました。まだ未解決の問題もありますが、完成近くになっています。しかし問題は、どういう状態でドッキングさせるかということです。ドッキングには時間が結構かかります。敵が気づいて攻撃されると、ドッキングは不可能です。深夜気づかれないようにやるのも大変ですし、それが一番問題です」

「そうか……、確かに二隻が一隻になり大きくなるが、現地が敵地となればゆっくりやってはいられないな。湾に入り込んでドッキングできれば最高だけど、それは大抵敵地だものな。勿論、敵地でやってこそ意味がある。それと、航行中にドッキングできるともっといい。それをなんとか考えてくれ。しかし一応、図面上は完成できるんだな」

「わかりました、それは検討しましょう」

「それと、もし俺に何かあったら、海軍航空参謀の斎藤京香にこの空母計画のことを知らせて欲しいんだ。女性だが戦闘機のパイロットでもある。絶対に無事戻る覚悟ではいるが、やはりわからない……、頼んだよ」

菊池は神妙な顔で頷いていた。

漂流

とうとう作戦実行の日が来た。

「この間はすまなかった。君の苦労も考えずに、くだらないことを言ってしまった」

「あれは冗談として忘れました。それよりも、今回は超低空飛行になると思います。今日はあまり天気も良くないし、波も結構荒いから、絶対に高度をきちんと保つように。胴体は多少飛沫がかかってもいいけど、翼には充分気をつけて。旋回するときにちょっとでも翼が波をかぶったら、失速して転がるからね。スピードが速いから機体が持たないわ。雅紀さんもバラバラになるから。装備はフライトスーツの下にウェットスーツを着けてますね？　窮屈だけどしょうがないわ。今回は、目標近くにレーダーサイトがあることがわかったの。こっちはステルスじゃないから、逃げるには超低空しかない。それでも絶対はないから、充分気をつけて。勿論、私が一番機よ、だから必ず右後ろにピッタリくっついてきて。——それと、今日はどちらかに何かが起きても、見捨てること。助けようなんて思っても無理。それはお互い覚悟しましょう。帰りの途中で原潜に我々の位置を知らせるには、アクティブソノブイを使います。私が投下する前に上昇を始めます。ちょっと上昇したあと、急上昇します。必ずついてきてください。ソノブイを使うのは、他の原潜にも知らせるようなものだから本当は使いたくないんだけれど、でもこれしか知らせる方法がないの。脱出高度に達したら平行飛行に戻り、直ちに脱出します。私の脱出のあと、直ちに右に旋回し、平行になったところで雅紀さんも脱出してください。着水したら直ちにフライトスーツを脱ぎ、ウェットスーツになること。パラシュートにも気をつけて。紐が絡んだり上手く外せないと命取りになります。原潜は浮上して待っているわけでなく、ブイの発信音で我々の位置を調べて浮上してきます。さっきも言ったように、他の潜水艦も来る可能性があります。そして私たちは、相当の間、波に浮かんでいることになります。復唱してください」

「超低空であること、翼に気をつけること、一番機と間隔を上手く取ること、上昇のあとは右旋回し脱出、お互いを助けるなんてしないこと、パラシュートの離脱に気をつけること……これくらいかな？」

「それからもう一つ、無線は使わない。私が尾翼灯を点滅させたとき、次の行動に入る。あとは真っ暗にして飛ぶ。見えるのはエンジンの光だけだからね」

「わかった」

「何度も言うけど、今回は危険が一杯だからね」

「了解」

「では、作戦００５、行動します」

「了解しました」


飛び立つと、新千歳空港から陸地を抜けてすぐ海になった。低空であること、波が荒いこと、京香のエンジンの明かりだけが頼りであること。村岡にとってこんな飛行は初めてであった。本当に冗談どころではない、京香が怒るのも無理はない。これでは一人で行った方が京香も楽だろう。でも一人では中国マークが目立たない。そんなことを考えながら必死になって高度を安定させつつ、一番機に付かず離れず操縦するのは大変だった。こんな訓練を、京香はずっとやってきたに違いない。

結構飛んだと思ったが、まだ目的地には到着しない。低空飛行なので速度があまり出せないせいか。これ以上緊張感を保つのは難しそうだと村岡が思った頃、ようやく陸地らしきものが見えてきた。

一番機がさらに高度を落とす。村岡はそれに必死でついていく。海岸線のところで高度を上げて、アムール川を登るようにして目標に向かう。川の両岸に人家が見える。京香の尾翼が点滅したと同時に上昇、村岡はあとに続く。ハバロフスクの町の上でわざと旋回を二度。今度は山手の方に向けて飛ぶと急降下。そのとき、遠くの海岸線で爆発音がした。原子力潜水艦が撃ったものだ。低空でジグザグに飛び、しばらくすると尾翼が点滅し上昇。そしてすぐに急上昇。もう海上に出ているが、まだそれほど距離は飛んでいないので、恐らくロシアの制空権内だろう。もう警戒が入りスクランブル発進しているはずだ。ロシアの戦闘機が来ないうちに脱出しなければならない。京香は、多分ブイはもう投下したのだろうと村岡は思った。

尾翼灯が点滅して急上昇から平行飛行に変わり、しばらく経つと、再び尾翼灯が点滅した。おそらく京香が脱出したのだろう。村岡は直ちに右に旋回する。高度が落ちる。一番機とあまりにも離れると、着水してから原潜に拾ってもらえなくなる。必死に高度を上げ、水平飛行に持っていく。水平飛行でわずかに飛んだあと、脱出ボタンを押すと、凄い勢いで座席ごと上に放り出された。ヘルメットがなかったら窒息しているだろう。何しろ今まで飛ぶことしかやっていないのだから、脱出や降下は初めてだ。機体のことを気にしてなんかいられない。

何か後ろに飛ばされた感じがして、村岡は凄い勢いで落下していった。急いでドローグシュートの紐を引く。しばらく経つとガクンとショックがあり、メインパラシュートが開いた。このときが一番狙われる。どこに敵がいるかわからない。村岡は紐を操作して京香の脱出した辺りに向かおうとするが、風が強くて反対に流される。早く着水しないかと焦るが、水面の白い波だけが見え、距離感がつかめない。さすがに恐怖を感じた。真っ暗で風の音しか聞こえない。

やがてようやく着水し、すぐにパラシュートを外す。泳ぎながらヘルメット、フライトスーツを脱ぎ、靴も一緒に脱ぎ、ウェットスーツのフードをかぶる。海水が冷たい。凍りつくような冷たさだ。このまま原潜が見つけてくれるまで待たなければならない。コックピットの中は暖かかった。地獄と極楽だ、と村岡は思った。それでもしばらく波間に漂っていると、冷たさに少しは慣れた。

　さて、京香はどこら辺にいるのかな、と前もって渡されていた赤いペンライト振ってみたが、全然反応がない。大声で呼んでみようとも思ったが、男が助けを求めて叫んでいるように聞こえるのも嫌だ。本当はそんな見栄を張っている場合ではないのだが。逆に京香が呼んでくれないかな。まだしばらくは体温は大丈夫そうだ。多分、原潜は潜望鏡で必死に捜してくれているのだろう。ペンライトは点けたまま振っていろと言われている。人間はどうやら真っ暗と風の音だけという環境には弱い動物なのだろう、と村岡は思った。

　どれくらい時間が経ったのかと、ウェットスーツの時計の明かりを点けてみると、午前三時半だった。着水が何時かは見ている余裕がなかった。

（それにしても、京香も声の一つぐらい出してくれないと。やっぱり俺が叫ばなきゃいけないのか。本音を言えば、心細い。こんな訓練はしてなかった。京香はこんな訓練もしたんだろうか？　……仕方ない、俺の方から呼ぼう）

　一度叫んでやめた。風の音で全然声が響かない。自分に聞こえるだけだった。この風の中で叫んでも意味はない、疲れるだけだ。こうなったら原潜に見つけてもらえるまで、エネルギーを消耗しないようにする方が利口だ。ペンライトだけは軽く振っていよう。別々に飛び降りて、飛行機の速さで離れた者が、そんなに近くにいるわけがない。無線が使えないのは不便だが、使えば敵にすぐ見つかってしまう。時計を見ると、あれから三十分経っていた。

突然、目の前に何かが見えた。潜望鏡の明かりだ。しばらくすると離れたところに原潜らしき艦橋がぽっかり顔を出した。村岡は急いで泳いでいった。

「特務機関の村岡さんですね！」

海面よりわずかに突き出すように見える艦橋の先に開かれたハッチから、誰かが大声で呼びかけた。

「おお、待ってた！　そうだ、村岡だ！」

助かったと思い、急に体から力が抜けたような気がした。必死に泳いでたどり着き、引き上げてくれる力と自分の這い上がる力が同時にかかった瞬間、村岡はハッチの中に転がるように入り込んだ。ウェットスーツに付いた海水ごとだった。

ハッチはすぐに閉められ、潜航に入ったようである。

「斎藤参謀は？」

「ただ今、捜索中であります」

「そうか、まだ救助できていないのか……。艦長はどこだ？」

京香より自分の方が先に見つけられたことが良いのか悪いのか、すぐには判断できなかった。

「艦長の野沢です。村岡特務閣下、ご無事で何よりです」

「ありがとう。ところで、斎藤参謀はまだか？」

「はい、ただ今、鋭意捜索中であります」

「降下、着水が何時だったか、私は降下が初めてなのでチェックをしていなかった。しかしもう一時間近くは経っているだろう、心配だ。何しろ水温が低い」

「ソノブイが村岡閣下の近くにあったため、発見が早かったようです」

「そうか……、偶然に斎藤参謀より離れたのかな。ああ、それと、その閣下はやめてくれ、俺は軍人ではない」

「わかりました」

それから三十分が経過した。潜望鏡で必死に探索はしている。そんなに遠くにいるはずはない。しかしなかなか見つからない。先にブイを投下してから脱出しているはずなので、京香の方がブイに近いはずなのに、村岡の近くにあったということは……？　風も強い、戦闘機から勢いよく飛ばされた可能性もあるだろう。しかし、京香の体力が持つかどうか。村岡も心細いと感じたが、こんなに時間が経てばもっと心細いだろう。お互いに助けるなんて考えるなと京香に言われているが、この水温では、ウェットスーツを着ていても冷気が沁みてくる。大丈夫だろうか……と村岡は心配になってきた。

「斎藤参謀もペンライトだけなのか、艦長」

「そうです、無線は使えませんし」

「せめてＧＰＳでもセットすれば良かったかな」

「いえ、それも敵に見つかる可能性があるので無理です」

「そうか……」

やはり自分の考えた作戦自体が無茶だったのか、と村岡は後悔にも似た気持ちになった。しかし、やらなければと思い、京香も賛成してくれた。結果はどうであれ。

村岡は十分置きに、まだ見つからないのかと尋ねた。もう我慢の限界だった。

「艦長、俺を魚雷の発射孔から出してくれ。泳いで捜す」

「それは無理です。それに、村岡さんもまた捜さねばならなくなります」

そのときだった。

「艦長、参謀と思われる人が見えます！」

艦長が潜望鏡に飛び付くようにして覗く。

「間違いないと思うが、他国の探査機がどうやら我が方を発見したようだ。浮上は無理だ」

村岡は考えた。とにかく京香を救う、他のことはそのあと考えるしかない。

「艦長、さっき言ったように魚雷孔から俺を出してくれ！」

「駄目です、二人とも救助できなくなります」

「俺は参謀を見捨てることができない立場なんだ」

「理由はともかく、無茶です」

「無茶でもいい、俺はこの作戦の立案者だ。頼む、参謀の無事を確認したい。そのあとの救助は少し時間が経ってからでもいい。潜航してしばらく様子を見てからでもいい。参謀の意識があるかないかだけでも確認したい。ペンライトで捜してくれ。今度は二本振る。位置を確認しておけば、それほどは流されないと思う。もし駄目なときは……、潜航したまま帰港してくれ！」

「そんなことをしたら、軍法会議にかけられます！」

「智成重工の菊池に言え、証言してくれる。頼む、俺の言うことを聞いてくれ！」

「……わかりました。ともかく、無事だったらペンライトを振ってください。潜望鏡より発見したら、潜望鏡灯を短く点滅させ、ぎりぎりまで浮上します。ハッチは二重になっていますから、上のハッチを開け、少しもぐって中に入り、上のハッチを閉めてから内側のハッチを開けてください。では、魚雷孔に急いでください」

「よしわかった」

魚雷孔にもぐり込むと、息ができないと思っているうちに外に押し出された。足がしびれるほど凄い勢いで、溺れそうになって水面に出た。海水を大量に飲み込んでむせた。すぐに周りを見回すと、波間にペンライトが浮かんでいるように漂っているのが見える。急いで泳いでいき、近付くと、京香が仰向けに浮かんでいた。

「京香、大丈夫か！」

返事がない。腕に抱えるとグッタリしている。頬を二回、三回、少し力を入れて叩いた。幸い水は飲んでいないようだ。

「京香、しっかりしろ！」

もう一度叩くと、やっと薄く目を開けた。

「京香、生きてるぞ！　雅紀だ！　生きて帰るんだ、おい、頑張れ！」

ようやく目を完全に開けると、片腕を村岡に巻き付けるようにしてきた。

「元気出せ、京香！」

体が完全に冷え切っているのだろう。

「深呼吸しろ！」

　首の据わらない赤ん坊のように手の平で後頭部を持ち上げ、呼吸がしやすいようにしてやると、深く吸い込んだ。波が荒いから海水を吸わないようにしてやる。

「……原潜は？」

「近くにいる、安心しろ」

　ペンライトを大きく振った。多分潜望鏡を上げているはずだ。しかし一旦潜航したのか、反応がない。近くで探査機の爆音が聞こえる。ここでは浮上は無理だ。困った、早く京香を温めないと、また引きずられるように意識をなくしそうになる。

「京香、しっかりしろ、もう少しだ！」

　十分ほど経つと、だいぶ向こうの波間に点滅が見えた。半分意識が飛びそうな京香を引っ張りながら急いで泳ぐ。潜望鏡はもう引っ込められている。艦橋先端はそれほど深いところではないはずだが、この状態では京香は潜っていくことは不可能だ。仕方がない、危険だがもう少し浮上してもらうしかない。時間が経てば危険は増す。それに、夜明けになったら最悪だ。

　村岡は防水になっているペンライトを二本合わせて持ち、海水に突っ込んで回してみた。すると原潜が、水面すれすれのところまで浮上してきてくれた。ハッチの取手を力一杯回し、艦橋のはしごに足を掛け、ハッチを開ける。重い、やっと開いた。「京香、少しの間、手を離す。ハッチにしっかりつかまっていろ。そのあと、俺が合図したら息を止めろ」

村岡が自分だけ下のハッチまで潜ってシーナイフで叩くと、中から返事の音がした。

「京香、行くぞ、息を止めろ！」

思い切り弾みをつけて、引きずり込むように京香を海中に潜らせると同時に、上のハッチを閉める。取手をきつく閉める余裕はない。

すると下のハッチが開いた。海水と一緒に落ちそうになる。京香のぐったりした体をなんとか片腕で抱いていると、下からすぐに救助の乗組員が上がってきた。しかし彼は先に上のハッチを閉めに行き、あとから来たもう一人が京香を支えた。上の方で機銃掃射の音が聞こえる。すぐに急速潜航するだろう。のんびりしていたら爆雷やその他にも狙われてしまう。艦自体を危険にさらしてしまったが、それでもやっと二人とも助かった。

「斎藤参謀、しっかりしろ！」

さすがに京香とは呼べない。

「艦長、ありがとう。どれくらいまで潜航すれば安全だ？」

「魚雷が来ない限り、百五十メーターほど、そこでエンジンを止め静かにする作戦です」

ハッチは完全に閉められ、そのあとは錘を付けたかのようにすでに深く潜行しているようだ。

乗組員たちは慣れた行動で京香を介抱にかかっている。さすが女性だ、ウェットスーツの下にも簡易な下着を着けていた。村岡は京香が丸裸だったらどうしようかと心配していたが、それこそ京香に冗談はよしてとまた叱られてしまう。村岡としては京香の裸体を人目にさらしたくなかっただけだが、まさによけいな心配である。

艦長は深度計の報告を聞きながら命令を出している。きっと戦歴豊富な艦長なのだろう。ここまで来たらもう全ての運命は艦長に任せよう、と村岡は思った。

やがて原潜は日本の制海権に入ると、一旦浮上した。艦長は二人のためにすでにヘリを呼んでおり、二人はヘリに乗り移ることになった。

「斎藤参謀、ご無事で何よりです。私共としましても、今度の作戦にお役に立てて光栄です。またお会いできることを期待しております」

「ありがとう、命を助けてもらったことは一生忘れません。貴艦の今後のご無事を祈ります」

「村岡特務機関閣下、また作戦指令がありましたらお役に立ちたいと思います」

「艦長、本当に助かりました。無理な作戦行動をよく遂行してくれた、感謝する」

二人は揃って艦長と乗組員たちに感謝の敬礼をすると、迎えのヘリに乗り移った。

二人の時間

ヘリは一路、新千歳空港へと向かい、空港で着替えてから、リザーブしてあったホテルへ車で向かった。

「雅紀、ありがとう。あなたがいなかったら、私はここにいないわね」

「無理な作戦だとわかっていたが、無事で良かった。ホテルに着いたら作戦の成果がわかるな。それにしても、なんで俺が先に発見されたかが不思議だ」

「ふふっ、気がついたわね。その理由はあとで教えてあげる」

ホテルに着き、レストランで軽い食事をすませて部屋に戻ると、さすがに二人ともぐったりした。張り詰めていた気ががっくりと抜け、二人で軽く飲むと強烈な睡魔に襲われた。

生きて帰れてよかった……。二人は抱きしめ合うと、そのままベッドに倒れ込み、キスをする元気すら残っていないまま、意識を失うようにして眠った。

翌日、どちらからともなく目覚めると、目の前にお互いの顔があった。生きていることを確かめ合うように軽いキスをして、小さな声で「おはよう」と言い合った。

まだ体は完全には回復していない。とりあえずテレビを点けると、中ソが外相同士で話し合っているというニュースをやっていた。当然、日本への攻撃は休戦状態にあるとも伝えている。

「やった、作戦はとりあえず成功したようだな」

「たった二人で、あの大国を動かせたのね」

これから日中も外相同士で話し合いになるだろう。その結果はまたそのときになってみなければわからないが、ともかく作戦は効果があったようだ。

「ルームサービスを頼もうか。まだ本調子じゃないから、部屋から出たくないよ」

「ええ、私もまだレストランへ行く気がしないわ」

「なんだかスキッとしないな、シャワーでも浴びるか」

「私もあとから行く」

村岡は、温かいシャワーがこれほどありがたいと思ったことはなかった。これも全て、エネルギーがあることに関連している。マラッカ海峡を攻撃したときは、マラッカがあんなに大きいとは思わなかった。幸いアメリカの艦隊が通過していないときで良かった。空母が通るときは必ず護衛のイージスと駆逐艦が艦隊となって通過する。そのときはどんなに高高度を飛んでいても見つけられてしまう。あの海峡は日本にとってエネルギーの生命線だ。でも米中の戦いは最も日本に影響を与える。やむなき作戦であった。台湾のことは解決したわけではないが、一旦日本から駐留を撤収した米軍としては、台湾の方が補給基地としていいのかも知れない。エネルギー問題は、人類が生存している限り続く。もしくは原油が本当に枯渇してしまえば別だが……。しかしそれまでには、人類は他のものをエネルギーとして手に入れなければならない。

そんなことを考えながら、村岡がもう出ようかと思っているときに京香が入ってきた。

「気持ちいいだろう?」

「うん、こんなにシャワーが気持ちいいと感じたのは初めて」

久しぶりに京香の安らいだ顔を見ると、やはりうれしかった。

二人でバスルームを出ると、村岡はタオルごと京香を軽く抱きしめた。

「あとで」

「わかってる、先に食べよう」

ルームサービスが届き、食べ始めると、ようやく人間らしい気分になったと村岡は思った。ベーコンを散らしたサラダにオムレツ、いかにもルームサービスらしい軽食である。

食べ終わると、村岡はベッドにゴロンと横になった。自分では眠るつもりではなかったが、いつの間にかまた寝入ってしまった。

ハッと気がつくと、横で丸くなって京香も寝入っている。そっと起き出し時計を見ると、もう夕方の四時だ。いかに今回の作戦がこたえたか、わかったような気がした。それでももう回復してきている自分を感じた。

京香を寝かせておこうかと迷ったが、やはり起こして一緒にレストランに行きたい。京香の寝顔を見ると可哀想にも思ったが、しかし改めて考えると、京香の寝顔を見るのは初めてのような気がする。京香との間ももう何年になるかな、と考えながら額にキスしてやると、薄く目を開けてニヤッと笑った。

「なんだ、起きてたのか」

「あなたが起き出したとき、気がついたの」

「レストランへ行こう」

「わかった」

京香は久しぶりにきちんと化粧をした。村岡は、いつもの京香に戻ったという気がした。

「シャンパンでも飲もうか」

「いいわね、今回はキツかった」

二人で乾杯して、京香はいつものウィンクをした。彼女のウィンクを見るのも、そういえば久しぶりのことだ。

帆立のスープとマトンのステーキは珍しかった。マトンは脂っ気や臭みを感じさせないさっぱりした味が、疲れた体に吸い込まれていくように感じた。ここのホテルで焼いたばかりのパンも香ばしく、バターもいらないくらいだった。

満足した食事のあと、部屋に帰ってコニャックを開け、ロックにして飲みながら、村岡は京香に尋ねた。

「ところで、あとで教えてくれると言っていたことだけど、あれは一体……？」

「ああ、そのことね。じゃあ話すけど、もう少し飲んでからね」

・

「俺が当ててみようか」

「これは私が言わなきゃ意味ないもん」

「そうか、よほど言いたいらしいな」

「でも考えたら、そのせいでみんなに心配かけたことになるのかしら……、でもいいか。実はね、あなたは降下の経験がないでしょ、そこであなたの脱出を見届けてからブイを落としたの。尾翼灯を点滅させたあと急上昇から平行飛行して、本当はそこで私も脱出する予定だったけど、そのあと旋回してあなたの脱出を確認してから、そこでブイを落下させたわけ。それから私もすぐに脱出したのよ。だから私は結構ブイから離れてしまったようね」

「そうだったのか。ブイが俺の近くにあったから発見が早かったと、艦長が言ってたよ」

「でも、私には一つ誤算があった。水温は確かに低いとはわかってたけど、それにしてもあんなにこたえるとは思わなかったわ。着水してウェットスーツになったとき、最初はそれほどでもないと思ったの。ところがだんだん効いてきて、それが痺れてくる感覚になったときはもう遅かった。突然じゃなく、だんだんくるのよね。自分ではまだ大丈夫と思って気持ちを引き締めてたつもりだけど、自然と意識が薄くなっちゃって、恥ずかしいけど、自分ではどうしようもなくなった。でも、いい経験にはなったけど」

「そうか、自分との戦いだったんだが。俺は救助されてから、京香のことが心配で、自分が見捨てられた方がずっと気楽だと思ったよ」

「あんな風になるなんて情けない。あなたの冗談を怒る資格がないと思ったわ」

「いや、あの辛さは経験しなきゃわからないよ。逆に俺は、あんな冗談を言ったことを凄く後悔した」

「やっぱり経験って大切ね」

「でも、もし京香を死なせてしまったら、作戦立案者である俺は決して許されない」

「結局、どちらにも責任があるってこと、二人とも死んじゃ駄目ってことね」

「今回のことで、お互いが気持ちの上で越えてしまった感があるな」

「わかる。人生には、自分でこうと決めていたことでも、それを完全に守り切るってできないときもあることがわかったわ」

　ここまで話したとき、二人の間に一つの結論が出そうになった。でも、その結論を口にするのは今はまだ早すぎると互いに思っていた。

　とりあえず、村岡は志津子に無事だったことを伝えたいと思った。志津子もきっと心配してるに違いない。

「ちょっとロビーで飛行機の時間を見て、予約してくるよ」

「そうね、早く現実に戻らないとね。でも、なんだかまだ夢を見てるみたい」

まさか京香には、志津子に電話してくるとは言えない。

村岡は一人ロビーに向かい、ポケットから携帯電話を取り出してソファーに座った。

「志津子？　無事終わったよ。もう危険は今回で最後にする」

「よかった……！　今回は時間を長く感じたわ。私はもうあなたの心配するのはたくさん。いつ帰るの？」

「明日の夜には帰れると思う。作戦も成功した、とにかく無事だから」

「待ってます。なるべく、早くね」

「うん、わかった」

飛行機は明日の午後三時二十分の便と決め、二時にホテルを出れば間に合うだろうと計算した。京香は戦闘機で来ているから、時間は関係ない。

「三時過ぎの便を予約してきた。君は好きな時間に出られるから大丈夫だろう？」

「一人で飲んでると、つい、いい気持ちになってる自分を発見するわ」

村岡がいない間にも京香は一人で飲み進めていた。

やがて、いつの間にか、二人でボトル半分ぐらい飲んでしまい、村岡もいくらか効いてきたようだ。二人でいると現実を忘れそうになる。

「もう一度シャワーを浴びてくるわ」

「俺も行く」

「じゃあ一緒に入りましょ。先に行ってるわ」

京香の背中を見送って、村岡はコニャックを小さな氷と一緒に飲み込むと、もう一口を口に含んだ。そしてそのままバスルームに入ると、京香にキスしながらその口に流し込んだ。京香は目を瞑ったままそれを飲み込むと、二人はさらに強く抱き合った。

シャワーの飛沫を浴びながら、二人は戯れを通り越すほどの深いキスを繰り返す。京香はもう立っていられないくらいになっていた。それを感じた村岡は、シャワーを止めると、濡れたままの京香の体を横抱きにしてバスルームを出て、一気にベッドに倒れ込んだ。

キスは続く。村岡は、今回は何度も京香のために命を落としてもいいとさえ思ったことで、本当に命の交換をしたような気持ちになり、それだけに京香を上り詰めさせてやりたかった。村岡は荒っぽいくらいに、そして優しく、京香の体も神経も、命までも共にしたという感激を、性の形で確かめたかった。そして村岡のその気持ちに呼応するように、京香は乱れた。

最後に京香が初めて声にならない声を上げ、村岡の肩に噛み付いた。その行為が快感に変わるという現実を、村岡は経験することとなった。

「あなたに負けそうになることを、今日感じ始めたの。女の気持ちは、男の人に全部理解を求める方が無理だと思ってた。それくらいのことはわかってるつもりだった」

京香は村岡の胸の上に顔を置き、肌が直接触れたまま、そう話した。これまで京香は、こんな形で自分の気持ちをさらけ出すことはなかったので、村岡は珍しいなと思いながら、水を飲もうと体を起こしかけた。

「待って、私が持ってくる。私も飲みたい。あなたはここにいて」

どうしたのだろう、こんなことも今まではなかった。

京香が水を持ってくると、村岡は一気に飲んだ。

「君の持ってきてくれたものはおいしいな」

「うれしい。……雅紀、恥ずかしいけど、もう一度できる？」

村岡はそれにには答えずに、京香の唇を塞いだ。こんなに甘える京香も初めてだ。

京香は残り火をさらに燃え立たせるように村岡を求め続けた。お互いの水分がなくなるのではないかと思うほどだった。

やがて二人とも軽く眠り、村岡がトイレに行こうと目を覚まして起き上がると、

「どこへ行くの？　いやいや、離れちゃいや。代わりに私が行ってあげる」

と冗談まで言う。

村岡がすぐベッドに戻り、軽く腕を回して抱いてやると、片時も離さないという風にしがみついてくる。愛はいらない、と言ったはずの京香は一体今、何を考えているのだろう。女に甘えられることは、男にとって悪い気はしない。しかし京香がこんなにまでも甘えるのは不思議だった。

「雅紀、お見合いのあとに、あなたに既に志津子さんという存在がいることを知って、だからあのときはこんな人生になるとは思っていなかった。……あれから私はパイロットになるために大変だった。父の反対を押し切ってアメリカに行き、特訓を受けたの。アメリカで取った航空免許は、日本の防衛省ではなかなか認めてくれなかったけど、父のお陰で正規の資格ということにできて、海軍の飛行隊に入ったの。でも最初はなかなか搭乗させてくれなかった。もし何かあったときに大問題になるって言うのよ。タッチアンドゴーの訓練も、私一人でやることが多かった。まさか私が雅紀と一緒に特殊任務に就くなんてことも想像してなかった。でも雅紀が立てた作戦によって、私は他のパイロットたちから一目置かれるようになった。そんな私も今回、命を失いかけた……、だけど雅紀が命がけで助けてくれたことで、一つの決心ができたの。それが何かはまだ言えない。言う時が来たら言うわ。……ねえ、今日はこのまま離れたくないの、一緒にいていい？」

「いいよ、ここまでの君の苦労は大変だったと思う。本当はもう一日、君と過ごしたいくらいだけど、多分通常の仕事が山積みになっていると思う」

「わかってる。私も今回は正規の軍事行動として、報告書を書かなくちゃいけないもの。原潜のお世話にもなっているからね。……でも、雅紀と離れたくない。私が単に女だからじゃない、自分でもそれは区別してるつもり。だから、夜の飛行機にして」

京香が何か重大なことを考えているということが、ここまで来ると雅紀にもわかった。

「わかった、いいよ。京香が今日みたいにわがままを言うのは珍しい。フロントに電話して予約を変更しよう」

村岡はベッド脇の電話を取り、予約を夜九時に変更した。

「これでいいかい？」

「本当は、それでも嫌、もっと延ばして欲しい。……だけど、無理だものね」

そのあと、二人でコニャックの水割りを飲みながらも、京香は村岡を一時も離さなかった。

村岡もこんな形で女性と一緒に過ごしたことはこれまでさすがになかったが、でも京香だからいいと思った。比較するわけではないか、志津子はこんな甘え方はしないな、と村岡は思った。

夕方にもルームサービスを頼み、二人は飲み続けた。そしてお互いが欲しくなると、どちらかともなく求め合った。不思議と、もうこれでいいという気持ちにはならなかった。まるで執念のヘビが絡まり合い、締め付け合うかのような二人を誰かが見たら、神話に出てくる物語の一場面のように思うかも知れない。ある意味、二人の行為はエロスの神の化身とさえ思われた。飲んでは絡み、絡んでは飲み、少しのまどろみを覚えてはまた。京香は意識がもうろうとするまで村岡を離さなかった。その中で途切れ途切れの快楽は、海に漂うが如くであり、あの救助を待っていたときのように、意識があってないような気持ちと重なっていた。時には激しく、時には優しく、留まるところを忘れた二人のつながりは、とっくに人間の限界を超えていた。

カーテンの隙間から差し込む光で目が覚めた村岡は、それが朝日だとわかった瞬間、喜びにも似た気持ちになった。まだ横でスヤスヤと眠っている京香の顔を見る。激しく自分を求めてきた京香ではなく、幼子にも似たあどけなさを感じた。そして、自分はこんなにも女を愛することができるのかと思った。

絡み付くようになっている腕をそっと外し、ベッドから抜けようとすると、

「いや、どこへ行くの？」

ハッとして京香を見るが、変わらずに眠っている。眠っていても村岡を離したくないという京香の強い気持ちが、村岡に幻聴となって伝わってきたものか。

ベッドから立ち上がると、立ちくらみがした。あれからずっとベッドに入ったままだった。今日が何日なのか、これが何度目の朝なのか、村岡は一瞬わからなくなった。ベッドサイドに置いてある携帯電話を確認すると、自分の乗るはずだった飛行機は昨夜の便であったことがわかった。少し後悔したが、京香を怒る気はしない。今日の昼の予約を取り直そう。

シャワーを浴びると少しまともになったが、世に言う「太陽が黄色く見える」という状態だ。京香も戦闘機の操縦をするのは無理だろう。でもそろそろ起こさないと京香も困るだろうと思いつつ、額にキスしてやると、「いやいや、離れちゃ……」とうわ言のように言いながら目を開け、さすがにびっくりしたように言った。

「あら、今何時？」

「朝の七時だ」

「え、何日の？　……あなた、帰れなかったの？」

「いいんだよ」

「じゃあ、ここへ来て」

「先にシャワーを浴びておいで、さっぱりするから」

「わかったわ、一緒に行きましょう？」

「俺はもう浴びた」

「もう一度浴びればいいじゃない」

「わかった、行くよ」

　全く人が変わったようになった京香には村岡も驚いた。やんちゃも凄いけれど、離れたくないと思う気持ちも凄いなと思った。

　二人でちょっとふざけてシャワーを掛け合ったりしていると、京香もようやくまともになったらしく、お腹が空いたと言い出した。

「レストラン、まだかしら？」

「もうやってる、ホテルのレストランは早いよ」

「じゃあ行きましょ」

　二人で朝食を取って部屋に戻ると、京香はすぐに村岡にしがみついてきた。さすがに村岡は戸惑った。もう一度、なんて言われたら、今日も帰れなくなる。でもその心配は無用だった。

「このホテル、私たちのだったらいいのに」

「これくらいなら買っちゃおうか」

「そうね、なんてことないわね」

京香はぴったりくっついたままでいる。村岡が志津子に電話をかけに行くのではないかと心配しているのだ。それに気づき、村岡はここでかけるのも……と思ったが、京香が離さないので仕方がない。

「京香、志津子に電話するよ」

「いいわよ、私が聞いててあげる」

村岡は京香にくっつかれたままの体勢で電話をした。すぐにつながった。

「おはよう、昨日は帰れずに、心配かけて悪かった。仕事が長引いてな。今日の昼の飛行機で帰るよ」

「一晩心配してたのよ、電話ぐらいちょうだい。わかった、待ってる」

横で京香が小さな声で、「原因は私」といたずらっぽく呟いた。志津子に聞こえたら大変だと思い、村岡はすぐに電話を切った。

「こら、聞こえたら困るだろ」

「困らせてあげる」

「なあ、志津子にとっては、これはやっぱり不倫なんだ。俺をあんまり責めるなよ」

「責めてなんかいません、求めてるだけです。だってあなたが必要なんだもん」

「わかった。わかったから、ちょっと君に話したいことがあるんだ」

「なーに？　改まって」

「うん、我々が普通の官僚と違うところは、自分で考えて自分で行動しているということなんだ。そして少しでも日本の景気や体制を良くしようと、君も命をかけて頑張ってくれている。しかし俺は最近、景気というものはマスコミや財務省などが作り上げているのではないかと思うようになってきた。景気は〝気〟という漢字が入っているが、確かに人間の気分みたいなところがあると思うんだよ」

「私たちが財務省やマスコミのために命をかけてるっていうの？」

「いや、そうじゃない。我々のやっていることはもっと根本的なことだ。日本の国がどうにもならなくなるのを防ぐために、どうしてもやらなければいけないことなんだ」

「そうよ、二人で大国の方針を変えたんだもの」

「俺たち二人でなければできないことなんだ、前回にしても今回にしても。今回は隠密行動にはできなかったが、原潜を使う以上、正規のルートでないと無理だ。しかし景気の話は全く別なんだ。でもそれによって国民が一喜一憂する。一般の国としてのシステムとか内容は結構いい加減であることは確かだ。内閣府における本音は全く違うところにある場合が多い」

「結局、国民は肝心なことを知らされていない場合が多いということね」

「ああ、外務省なんかは、外国とどんな約束をしたか、秘密文書については全く国民に知らせない」

「私たちの安全も危険も、国民に正直には言わないということ？」

「そうだよ。国民にとっては突然の出来事からの政府の発表でも、国はとっくの昔から知ってたってこともあるんだ」

「つまり景気も、前もって作られた数字を発表してるってこと？」

「そうだ、景気は作られたものなんだよ。我々はその中枢にいるからわかるんだ。しかし、防衛省の中でもごく限られた人間しか知らないこともたくさんある」

「そうだね、私だって一参謀でも、本当の日本の戦略までわからないときがあるもの」

「いずれ俺は君に言うときがあると思う」

昼の時間に近くなってきた。村岡はそろそろ帰る支度をしなければならない。

「君は自分の時間で出ればいい。俺はそろそろ出ないと」

「もう離れるの？　もっと一緒にいたいのに……」

「君は自分で、愛はいらないと言っただろう？」

「私も国と同じで、方針が変わるときもあるの」

「でも、もう今となっては遅いよ」

本当は村岡も、京香の志津子にはないやんちゃな可愛さに負けそうになっていることを感じていた。しかしそれは許されることではない。愛というものは気持ちの変化と共に変わるものなのだろうか。いや、そうであってはならない。

インディペンデンス

帰りの飛行機の窓からは、眼下にぽっかりと浮かぶ雲が見えた。真っ白でふんわりした雲を見ていると、やはり志津子の方が安らぐな、と村岡は思った。空から見る地上の景色は、自分で戦闘機を操縦しているときに見えるものとは気分的に全然違う。田畑や木々の鮮やかな緑、くっきりとした海岸線、箱庭のような家々。村岡はゆったりとした気分の中、京香のことを思い出した。強烈なまでの京香との営み……。あれはきっとお互いに、命がけの厳しい作戦のあとの緊張をほぐすための激しさだったのだろう。村岡は小さく長く溜め息をつくと、そっと目を閉じた。やはり旅客機に乗るとのんびりとした気持ちになる。こんな気持ちになるのは、我が家で首を長くして待っている志津子を思うからかも知れない。志津子を抱きしめると、まるでマシュマロを抱いているように感じる。京香は違う、抱きしめると同じくらいの力でしがみついてくる。つかんだら離さないぞと言わんばかりでくる。どちらもいい……。そんなくだらないことを考えていると、羽田に着いた。


「志津子、帰ったよ」

「お帰りなさい。今回は本当に心配したわ、危険な仕事だと言っていたから。それに、黙って一日遅れるんだもの」

「悪かった。電話をしようと思っても、相手がなかなか離してくれないもんだから」

とりあえず、事実ではある。

志津子はすぐに晩御飯の支度を始めた。京香とはホテルで何を食べていたっけか、と村岡は忘れているくらいだった。

晩御飯ができるまでの間に、智成重工の菊池に電話を入れた。

「菊池君、村岡だ。無事帰った、心配かけたな。ところで、進捗状況はどうですか」

「やあ、お帰りなさい、ご無事で良かったです。図面上ではもう建造に入れます。いろんな検査もやりました。あとは実際に使ってみないとわかりません」

「よし、予算はどれくらいだ」

「概算ですけど、一隻八千億、二隻で一兆六千億です。それに、連結するためのシステムが三千億で、合計一兆九千億です」

「わかった、早速予算化するようにしよう。近いうちに行くよ」

この空母は絶対に使い道があると村岡は確信していた。戦略上、大きな空母が通れない場所でも一隻ずつ通り、ドッキングして大型になれるのだから大いに意味はある。また、原子力空母の大型の造船には約三兆円かかると聞いていたので、割安にもなる。

食後に二人で食事の後片付けをしていると、昨日までのことが嘘のように思えた。そのあと、久しぶりに志津子とのんびり飲んでいると、志津子が夫に甘え始めた。村岡は疲れていたが、優しく志津子の甘えに応じたのだった。

翌日、出省すると、秘書官にあれもこれもと書類の山を差し出されて参ったが、やらないわけにはいかない。

ようやく終わったのは夜八時過ぎで、志津子に電話をして帰宅すると、菊池が来ていた。

「やあ、来てたのか」

「村岡さんに、奥様にお茶を習いなさいと言われたもんですから、気持ちが落ち着くと思って始めてみましたよ。やはりいいもんですね」

「そうでしょう。ゆっくりとした中に自分の作法が生きてくると、喜びに変わるんですよ」

志津子がそう言って微笑んだ。村岡は菊池が茶道を気に入って良かったと思った。

「そのうち、菊池が志津子の一番弟子になるのかな」

「いやあ、僕は自分のためにやってるだけですから、人に教えたりにまではなれませんよ」

「あら、人に教えなくても、自分で納得できれば、それこそがお茶の道です」

「話のついでだが、憲法改正のときは九条ばかり話題になったが、本来憲法は九条のためのみにあるわけではなく、もっと根本はある。憲法三原則とよく言われるが『国民主権主義』『恒久平和主義』『基本的人権尊重主義』があり、そのあとに『主権在民』という言葉が非常に使われ出した。しかし『主権』という言葉をよく考えてみると、国家に於ける主権は果たして国民にあるのだろうか。現在日本は『代議制民主主義』だ。ここが難しい。国家の定義が今、日本にとってあいまいであること。国家であることは真の意味で独立国でなければならない。しかし今の日本は真の独立国ではない。とすると、主権は国民にないということになる」

「あなた、そうには違いないけれど、じゃあどうすれば本当の主権を国民は持てるのですか?」

「どうするというよりも、まず国家というものをどう定義するかということだ」

「国家というのは、どこの国でも国家と言います。改めて国家の定義と言われても」

「独立した憲法を持ってこそ、国家と言えるのではないだろうか。たとえば現実問題として、日本国憲法の第三章第十七条に、『何人とも、公務員の不法行為により、損害を受けたときは、法律の定めるところにより、国または公共団体に、その賠償を求めることができる』とあるが、公務員の不祥事は山ほどある。しかし本当に賠償しろとは書いていない。求めても賠償してもらえなければ、この条文はなきに等しい。これ一つを挙げても、国家とは言えない。つまり基本的人権はあるのかないのかということだ。公務員は不法行為をしても、記者会見で頭を下げれば済むみたいな状態は、国家と言えるか？」

「そうですね、偉い人ほど、また大きい企業ほど、何かあってもただ頭を下げるだけですね」

「そういう意味では、日本は真の意味の民主主義ではないのかも知れないですね。僕は大きい会社に勤めていますが、最近だんだん、何か違った方向に行こうとしている、会社の方針を感じます」

「菊池君が感じるくらいだから、資本主義という経済のカテゴリーと、体制におけるデモクラシーは、ある意味相反するところがある。それ故、国家の中に歪みが起きる。しかも国家という名目の下で、主権もどこにあるのかわからなくなる」

「経済の仕組みは、人間が自分たちで考え出したものであることを忘れてしまっているところがあるわけね」

「結局、国家は国民の何らかの犠牲の上に成り立つものだということだ。これは人類の歴史が証明しており、なおかつ、これから先も変わることはないだろう」

人間という生き物は、意識を持ったことで幸せと不幸せを感じ、またそれが自分たちを追い込んでしまった。どんな学問でも、まだ人間の意識の解明はできていない。

人類はその不思議を究明している。しかしそれは簡単ではない。現実はごまかしや嘘で通せるものではない。

あれから京香はどうしているかな、と村岡が思った三日後、村岡の執務室に突然、京香がやってきた。

「ここにいると思った、少しはのんびりしないとね。その節はありがとう、命の恩人だものね。それにいろんなお世話にもなったわよね、本当にありがとう」

「元気で帰れたようで良かった。途中で落っこちるんじゃないかと心配してたよ。まあ、君のことだから落ちても大丈夫だと思うけどね」

いつ会っても、京香はやっぱり京香だ。ケロッとして現れるところがなんとも可愛い。そんな彼女が、難しい顔をしている他の参謀たちと普段は議論しているのかと思うと、ちょっと考えられない。

「ところで、私、今度参謀を辞めるの。実を言うとね、この間のことがあってから考えたの。そうだ、パイロットを育てなきゃと思ったのよ。特に女性のパイロットをね。それで今度、海軍航空学校の校長になることにしたの。だから今日は参謀の軍服で来てるでしょ」

そういえば、村岡は京香の軍服姿を初めて見た。

「今日はあなたに公式で挨拶に来たの。だからよく見ておいてね」

と言ったと思ったら、いきなり村岡に飛び付き、首にぶら下がるようにキスしてきた。幸い執務室だから他には誰もいないが、こんなところを誰かに見られたら大変なことになる。でも、いかにも京香らしい。村岡も思いっきりのキスを返した。

やがて京香は何歩か離れると、いつもと違った真剣な表情で言った。

「斎藤参謀、海軍空将、これをもちまして村岡特務官との最後のお別れになります」

村岡は驚きを通り越して心臓がドキッと跳ね上がった。京香はよくよく考えて決心したのだろうが、あまりにも突然のことで、さすがに村岡も京香らしいと感心してはいられない。

「校長になっても、いくらでも俺のところへ来れるじゃないか」

「それはそうだけど、もう私は教育者になるのよ。だから不道徳はやらない、わかるでしょ？」

「君に相談したいときが、俺にもある。そのときはどうするんだ？　それに、いつも不道徳してるわけじゃないだろ」

「私に相談しなくても、志津子さんにすればいいじゃない。だって、会えばしたくなることがこの間でわかったのよ。それに、あなたが私を教育したからいけないの」

「この間は少し不道徳だった、それは認める。今度から校長になるから駄目だというのなら、これからは不道徳は控えるよ」

「それでも駄目です。この間であなたもわかったでしょ？　私はもうあなたに会うと甘えたくなるんです。だからもう会うのをやめようと決心しました。それに、特務行動にも限界を感じました。この間、精一杯甘えさせてもらいましたから、これから後輩たちの指導に専念します」

「そうか……君の気持ちはわかった。寂しいけど、しょうがないな。これからは後輩たちのために頑張ってくれ」

「ありがとう。でも、私だってあなたと同じ気持ちであることを忘れないでください。斎藤京香は、あなたを決して忘れません。お元気で！」

軍服で正式に敬礼する京香を見るのは最後だろう。村岡はさすがにこたえたが、黙って敬礼を返した。京香はいつものようにウィンクはせず、代わりに一筋の涙をこぼした。

京香がいなくなったあとの執務室で村岡はぼんやりとしたままだった。その日は寂しさと気持ちの整理で、仕事はほとんど進まなかった。誰にも言えない気持ちだった。

完

この小説を書いたとき

ある意味、平和すぎるかと思われる時期だった。私にとってあまりに平和だったために、逆に危機を感じていたのだと思う。今にも何かが起こりそうな気がしていた。そんな自分の危機感でこれを書くことになったと思う。本当に危機が迫っているときは、そのことに目を奪われてしまうもの。少しの気持ちの余裕がこれを書かせたと思われる。

それゆえ全体が少し現実味の薄れるところも感じられるかもしれない。でも、その気持ちの余裕がなかったら、危機感で文章など書いていられなかったと思う。少なくとも今より平和だったのかもしれない。だから危機感のあるものが書けたのだと思う。そして、やはり何かが起こると思いながら、いくらかそれを期待し、書き綴ったものと思われる。

この小説は十年前に書いたものである。当時、日米の地位協定と横田空域について真剣に考えていた時代であった。

敗戦は確かに認めざるを得なかったが、二つの事については占領国家と言わざる得ない事柄であった。だから、小説という形ではなく他に方法を見付けたかった。しかし、そんな簡単な事ではない。年をとるにつれて全く違った形で表現しておきたかった。行き過ぎたところもあると思うけれど、本心は表せたと思う。

しかし、十年の間にもっと変化を求めていたけれど、それほど変化はなかったということかもしれない。たった十年されど十年ということか。

一方、変化という意味では事実すでに女性のファイターが実現した。その人達にはここで謝罪する。小説で書いたような甘いものではなかったと思うからだ。

これからのわが国のあり方は大変難しいものになるだろう。しかし力には力で立ち向かうしかないと思う。わが国の平和と安全を祈る。

及ばぬ筆者より

二〇一八年十一月

著者プロフィール

峰岸 竜三（みねぎし りゅうぞう）

1941年７月３日生まれ

石川県出身

神奈川県在住

アパート経営

インディペンデンス オブ ジャパン

2019年１月15日　初版第１刷発行

著　者　峰岸 竜三

発行者　瓜谷 綱延

発行所　株式会社文芸社

〒160-0022　東京都新宿区新宿1－10－1

電話 03-5369-3060（代表）

03-5369-2299（販売）

印刷所　株式会社暁印刷

ISBN978-4-286-20186-3